I0552326

Marco Lemessi

PREDESTINATION
(CHANGING HISTORY 2)

Romanzo

1

Copyright © 2022 by Marco Lemessi

ISBN 978-1-7352054-7-2

Copertina di *Les, germancreative*

facebook.com/ChangingHistoryBook/
instagram.com/ChangingHistoryBook/

Vita mortuorum in memoria est posita vivorum[1]

---

[1] *La vita dei morti sta nella memoria dei vivi* (Marco Tullio Cicerone).

3

INDICE

Dove Eravamo Rimasti?
(Un breve riassunto di Changing History)

Se ancora non avete letto CHANGING HISTORY, questo è il momento di farlo.

Primo, perché la trama è "avvincente", "suggestiva", "originale" (parole non mie, bensì estratte da alcune delle vostre recensioni). E quindi, perché accontentarsi di un freddo e scarno riassunto come questo, privandosi invece del piacere di vivere l'avventura paragrafo dopo paragrafo, pagina dopo pagina, capitolo dopo capitolo?

Secondo, perché, senza la premessa di CHANGING HISTORY, non capireste molto di PREDESTINATION. E non perché io dubiti delle vostre capacità intellettive. Tutt'altro. Il solo fatto che stiate leggendo questo libro dimostra che persone straordinarie voi siate, cari lettori (perdonatemi la *captatio benevolentiæ*[2] ☺). Il punto è che la trama di CHANGING HISTORY è sì avvincente, suggestiva e originale, ma anche un po' complicata. E quella di PREDESTINATION lo è parecchio di più, dal momento che i salti temporali e i paradossi, come avrete modo di leggere, sono molto più numerosi.

A voi la scelta: *libero arbitrio*, che poi sarà uno dei temi affrontati, seppur con la consueta leggerezza e semplicità, in questo secondo romanzo.

Se deciderete di mettere momentaneamente da parte PREDESTINATION—sul vostro comodino, sullo scaffale

---

[2] Letteralmente: *conquista della benevolenza.*

7

della vostra libreria o da qualsiasi altra parte vogliate—, arrivederci a presto! E buon divertimento con CHANGING HISTORY!

Se invece opterete per restare qui con me, mettetevi comodi e rilassatevi. Ripercorreremo insieme quanto accaduto in CHANGING HISTORY...

***

1600 circa avanti Cristo: un violento terremoto devasta l'isola di Strongili (Santorini), costringendo tutti gli abitanti a fuggire precipitosamente e cercare riparo a Kaptara (Creta). Sette mesi dopo, il capo delle guardie reali, Áreos, viene incaricato dal proprio sovrano di tornare a Strongili con una mezza dozzina di uomini per recuperare il dono degli dèi *O-ma-nói,* un misterioso anello di metallo che il terremoto ha seppellito sotto le macerie del palazzo reale. Áreos e i suoi compagni riescono a trovare l'anello, ma, sulla rotta di ritorno verso Kaptara, vengono uccisi da una catastrofica eruzione vulcanica che affonda la loro nave, bersagliandola prima con una micidiale pioggia piroclastica e travolgendola poi con una gigantesca onda di tsunami.

2022 dopo Cristo: la nave oceanografica statunitense *Destiny* rinviene accidentalmente l'anello sul fondale al largo di Santorini. L'antico reperto, sul cui involucro esterno campeggiano cinque simboli uguali a quelli incisi sul Disco di Festo, viene trasportato a Roma, presso l'Ambasciata degli Stati Uniti d'America. Altri simboli sono incisi sulle facce di nove cubi disposti lungo la circonferenza dell'anello. L'esperto archeologo Guido Lionhill e la sua ex studentessa Lara Mellini, attualmente al servizio della CIA, riescono a individuare la corretta

8

sequenza di nove simboli in grado di attivare l'anello, che si rivela essere un portale temporale connesso con l'Antica Roma del 44 avanti Cristo.

John Morlock, direttore del Dipartimento *Science and Technology* della CIA, invia nel passato Lara e un *marine* americano, Luciano Fernández. Durante una partita a dadi in un'osteria tra i colli Pincio e Quirinale, Fernández viene derubato e accoltellato. Seppur gravemente ferito, il *marine*, con l'aiuto di Lara, riesce a raggiungere l'anello e i due fanno ritorno nel 2022. Nei momenti concitati che seguono il rientro di Lara e Fernández e il successivo trasporto del ferito in sala operatoria, nessuno si accorge che una terza persona varca il portale: il legionario romano Publius Liburnius Julianus.

Confuso e disorientato da un ambiente a lui estraneo, sentendosi braccato da quelli che ritiene essere barbari ostili, Julianus fugge di soppiatto dall'Ambasciata passando per la finestra di un bagno. All'incrocio tra via Salandra e via Carducci viene però travolto da un pirata della strada, Simone Di Sardo, e da questi abbandonato esanime sul selciato.

Una coppia di fratelli romani, Carlo e Valeria, casualmente di passaggio nei dintorni, odono lo schianto e, trovato il legionario ferito, lo conducono nella vicina chiesa di San Camillo de Lellis dove gli prestano i primi soccorsi, aiutati dal parroco, l'esuberante don Renato.

La conoscenza del latino da parte del sacerdote permette a Julianus di comunicare con i suoi soccorritori. Nonostante lo scetticismo del fratello e le perplessità di don Renato, Valeria è convinta che il legionario venga dal passato, sebbene lo stesso Julianus non si sia ancora reso conto di aver viaggiato nel tempo.

Temendo che Carlo voglia consegnarlo ai suoi inseguitori, Julianus approfitta di un attimo di distrazione dei suoi soccorritori e fugge, rincorso da Valeria.

Frattanto, all'Ambasciata, l'arrivo indesiderato del legionario nel 2022 è stato scoperto, e un gruppo di *marines* si precipita alla ricerca del fuggitivo nelle strade del Rione Ludovisi.

La prima a trovare Julianus è però Valeria, che lo fa salire in macchina con sé e lo porta al Circo Massimo. Alla vista dei resti di ciò che un tempo fu simbolo della grandezza di Roma, Julianus comprende finalmente di trovarsi in un remoto futuro ed è colto dalla disperazione.

Mossa dall'impulso di fornire spiegazioni al legionario e incalzata dalle domande dell'uomo, Valeria, con l'aiuto di Google Translate e della versione latina di Wikipedia, rivela a Julianus come Giulio Cesare sia stato assassinato, come, dopo la sua morte, Roma sia diventata un impero, e come quest'impero sia crollato nel 476 dopo Cristo.

Nel frattempo, grazie al video di una telecamera di sorveglianza, i *marines* sono riusciti a risalire all'identità di Carlo e a localizzarne la posizione mediante il GPS del suo smartphone. Dopo aver portato Carlo e don Renato all'Ambasciata, i soldati americani riescono a localizzare anche Valeria, recatasi frattanto con Julianus al lido di Castel Fusano, sul litorale laziale.

Il decollo di un aereo dal vicino aeroporto di Fiumicino allarma Julianus e porta Valeria a svelare all'uomo l'esistenza di un'immensa e ricchissima terra al di là del mare, l'America. Poco dopo, i due giovani, travolti da un'attrazione irrefrenabile, cedono alla passione e fanno l'amore sulla spiaggia.

Raggiunti dai *marines*, Valeria e Julianus vengono portati all'Ambasciata, dove il legionario viene indotto a varcare nuovamente l'anello per tornare nel suo tempo, nonostante l'amore, corrisposto, che ormai lo lega a Valeria.

Le informazioni ricevute da Valeria fanno sì che Julianus, una volta tornato nel 44 avanti Cristo, salvi Giulio Cesare della congiura delle idi di marzo. Tre anni più tardi, sarà lo stesso Julianus, alla guida della *Legio XII*, a varcare l'Atlantico e dare inizio alla conquista romana dell'America, ribattezzata *Julia* in onore di Giulio Cesare.

CHANGING HISTORY si chiude in un futuro alternativo, nell'anno 2803 *ab Urbe condita*[3]. Nella metropoli di Nova Roma (la versione romana di New York) Marcus Liburnius Valerius, un discendente di Julianus, ha appena inventato un anello temporale, una versione in scala ridotta dello stesso anello che a Strongili, più di trentasei secoli prima, ha dato inizio a tutta la storia. Gli dèi *O-ma-nói*, infatti, non sono altri che i Romani di questa linea temporale alternativa, capaci di viaggiare nel tempo grazie all'invenzione di Valerius.

***

Adesso che ci siamo rinfrescati la memoria con questo breve riassunto, andiamo insieme a scoprire cosa succederà a Valeria, al professor Lionhill, a Lara, a Morlock, a Valerius, a Julianus e a tutti gli altri protagonisti di PREDESTINATION.

Buona lettura e buon divertimento!

---

[3] *Dalla fondazione dell'Urbe*, ossia Roma. Il 2803 a.U.c. corrisponde al 2050 dopo Cristo.

11

Premessa

Come avrete modo di leggere nelle pagine che seguono, la trama di PREDESTINATION si dipana lungo due linee temporali tra loro alternative.

Una di queste ha inizio nel momento in cui Julianus salva la vita a Giulio Cesare nel 44 avanti Cristo, e porta al futuro alternativo di Nova Roma, che abbiamo solo intravisto nel Capitolo 37 di CHANGING HISTORY.

L'altra conduce invece al "nostro" futuro, ossia al mondo che noi conosciamo.

Ho chiamato la prima LINEA TEMPORALE ALTERNATIVA, la seconda LINEA TEMPORALE ORIGINALE. Condivisa da entrambe è la LINEA TEMPORALE COMUNE, antecedente le idi di marzo del 44 avanti Cristo.

Per evitare confusioni, ho indicato qual è la linea temporale all'inizio di ogni capitolo, fatta eccezione per l'epilogo. A tempo debito, ne capirete il perché.

Parte Prima:
L'ORACOLO

Il Signore di cui è l'oracolo in Delfi
non rivela e non nasconde,
ma dà un segno

Eraclito

1

Nova Roma, a. d. VII Kal. Apr., 2803 a.U.c.
(Nova Roma, 26 marzo 2050)
LINEA TEMPORALE ALTERNATIVA

«*Amico mio, la vostra scoperta è in grado di cambiare la storia.*»[4]

Le parole di Plinius risuonavano ancora, forti e chiare, nelle orecchie di Valerius nonostante l'*olochiamata* fosse terminata ormai già da un paio di minuti.

Decine di *aërobigæ* a guida automatica sfrecciavano veloci tra le *altædomus*, riflettendo le loro eleganti forme aerodinamiche sulle vetrate a specchio degli imponenti edifici della metropoli juliana. Al loro interno, comodamente seduti su morbidi sedili reclinabili in pelle sintetica, i passeggeri sfogliavano freneticamente appunti di lavoro, osservavano ammaliati il sole nascente spargere rossi bagliori infuocati sull'azzurro del mare increspato, si rilassavano leggendo o ascoltando musica, o, più semplicemente, si concedevano qualche minuto di riposo in più in vista di un'intensa giornata lavorativa.

«*Potrai incontrare il Figlio delle Absirtidi*», aveva chiosato Plinius in tono scherzoso. «*Non era lui che volevi trovare?*».

Sì, era proprio lui.

Valerius si avvicinò a una mensola argentea dalla forma sinuosa che ricordava quella di un grande uccello in volo con le ali spiegate.

---

[4] Si veda il Capitolo 37 di CHANGING HISTORY.

Afferrò l'elegante cornice d'oro bianco che torreggiava al centro della mensola, e ne estrasse con delicatezza il *folux*[5]. Con i polpastrelli di indice e medio della mano destra accarezzò dolcemente l'immagine della giovane donna addormentata. Indossava una stola verde e sandali di color marrone chiaro. Lunghi ricci scuri le incorniciavano il volto grazioso, la carnagione chiara illuminata da una pallida luce lunare. Sul bordo sinistro del *folux* si intravedeva il bicipite destro dello sconosciuto che la teneva tra le braccia.

Madre, sussurrò Valerius con gli occhi lucidi.

Era morta dandolo alla luce, donando la propria vita in cambio di quella del suo bambino appena nato. Così gli avevano raccontato i genitori adottivi. Quel *folux* era l'unica immagine che Valerius aveva di lei. Il suo tesoro più grande, dal quale non si separava mai.

Girò il *folux* e lesse le parole, leggermente sbiadite dal tempo, vergate sul retro con inchiostro nero indelebile.

TROVA IL FIGLIO DELLE ABSIRTIDI E TROVERAI TE STESSO

Il Figlio delle Absirtidi. Publius Liburnius Julianus? Molti ritenevano che fosse proprio il suo lontano antenato l'uomo predetto dall'Oracolo, più di duemila anni prima.

Valerius rivolse lo sguardo verso la grande vetrata di fronte a lui. I suoi pensieri corsero veloci nello spazio e nel tempo, per fermarsi sulle sponde del golfo di Corinto, nell'anno 711 dalla fondazione dell'Urbe[6].

Con gli occhi dell'immaginazione, gli parve di scorgere, in una calda mattina di tarda primavera, un drappello di legionari a cavallo risalire l'erto sentiero che

---

[5] *Folium lucis* (foglio di luce). Una specie di fotografia.
[6] Il 43 avanti Cristo.

dal porto di Kirra portava a Delfi, alle pendici del monte Parnaso...

2

Delphi, a. d. VII Eid. Jun., 711 a.U.c.
(Delfi, 7 giugno 43 avanti Cristo)
LINEA TEMPORALE ALTERNATIVA

Sullo sfondo blu intenso del cielo mattutino si stagliava nitida la sagoma bianca e bruna di un'aquila. Il maestoso rapace compì un paio di voli circolari e concentrici, sfiorando con le ampie ali le cime degli abeti che numerosi avvolgevano con il loro manto verde le pendici del monte Parnaso. Improvvisamente l'uccello si gettò in picchiata tra gli alberi, i micidiali artigli protesi ad arpionare la preda, un cucciolo di cinghiale che zampettava solitario grufolando nel sottobosco, ignaro della minaccia incombente.

Julius Cæsar si passò il dorso della mano destra sulla fronte imperlata di sudore. Nonostante fosse da poco terminata l'*hora tertia*[7], la giornata era già calda e la mancanza di vento rendeva l'afa quasi insopportabile.

Ancorata la trireme[8] nel porto di Kirra, nel golfo di Corinto, il *dictator* si era avviato a cavallo lungo l'erto sentiero che dalla costa si inerpicava tra le colline e i

---

[7] La terza delle dodici parti di durata uguale in cui i Romani dividevano le ore diurne. Nel mese di giugno corrisponde approssimativamente al lasso di tempo tra le 8:30 e le 9:45 del mattino.
[8] Nave da guerra romana. Agili e veloci, sospinte da circa 180 *remiges* (rematori) disposti su tre livelli sovrapposti (da cui il nome), le triremi erano lunghe poco più di quaranta metri e potevano trasportare un'intera centuria (ottanta uomini).

20

boschi di ulivi per circa dieci miglia[9] in direzione di Delfi. Con lui otto legionari scelti e Publius Liburnius Julianus, il centurione cui doveva la propria vita, colui che, quindici mesi prima, lo aveva salvato dall'aggressione di una sessantina di senatori decisi ad assassinarlo.

Accaldato e assetato, Cæsar afferrò la fiasca in pelle di capra che teneva legata in vita e, stappatala, deglutì avidamente un paio di sorsi di *posca*[10], imitato di lì a pochi secondi da tre dei nove militari che lo accompagnavano.

«Quanto manca, Aléxandros?» chiese il *dictator* al legionario che cavalcava alla sua destra, un giovane greco di poco più di vent'anni, originario del luogo.

«Poco più di tre miglia. Siamo a circa due terzi del cammino», rispose il legionario, il braccio sinistro teso davanti a sé a indicare la meta del loro viaggio, la mano destra stretta intorno a uno dei due corni anteriori della sella[11].

Il rumoroso frinire delle cicale sovrastava il ritmico scalpiccio degli zoccoli dei cavalli sulle rocce calcaree che costellavano il sentiero, ai cui lati crescevano mirti, ginepri e rosmarini. Il disco del sole splendeva alto nel cielo, alla destra del gruppo di uomini, arroventando con i suoi raggi infuocati le pietre circostanti.

Julianus guardò ancora una volta il mare dietro di sé, con le lievi increspature delle onde rese dorate dai raggi

---

[9] Un miglio romano corrisponde a circa 1480 metri.

[10] Diffusa tra i legionari, la *posca* era una miscela dissetante di acqua e aceto di vino, cui spesso venivano aggiunti miele e spezie per migliorarne il sapore leggermente acido.

[11] La sella a quattro corni (*scordiscum*), di derivazione celtica, era formata da una struttura in legno con quattro protuberanze mirate a impedire cadute accidentali, le due anteriori a contatto con le gambe del cavaliere e le due posteriori all'altezza delle reni. Le staffe, all'epoca, non erano ancora in uso.

21

del sole mattutino. La costa frastagliata e rocciosa, la trasparenza delle cristalline acque turchesi, le pietre calcaree bianche e grigie tra le quali spuntavano audaci gli ulivi che rivestivano le colline brulle come un drappo argentato, il profumo intenso della salvia, il frinire delle cicale. Tutto nel paesaggio intorno a lui gli ricordava Crepsa, l'isola dov'era nato e cresciuto e che aveva lasciato, molti anni prima, per arruolarsi nell'esercito e seguire in Gallia l'uomo che cavalcava pochi passi davanti a lui, Gaius Julius Cæsar.

Legata con una corda di canapa alla sella del cavallo di Julianus—un baio biondo della Maremma Laziale—trotterellava agile una capretta bianca, acquistata poco meno di un'ora prima nel porto di Kirra da un ambiguo mercante di Corinto di nome Ipoblitos, che lucrava sui viandanti diretti all'Oracolo vendendo capre sacrificali a un prezzo almeno triplo rispetto al loro valore effettivo.

Un movimento repentino alla sua sinistra catturò l'attenzione di Julianus, che afferrò prontamente con la mano destra l'elsa del *gladius* che portava legato in vita.

Una mezza dozzina di pecore emerse da un boschetto di ulivi, seguite, un paio di passi più indietro, da una giovinetta vestita di bianco.

Al vederla, il cuore di Julianus mancò un battito. I capelli castani e ricci lunghi fino alle spalle, la sinuosità della figura, il passo fiero e deciso... Valeria! La fanciulla che Julianus aveva amato soltanto una notte eppur mai dimenticato. Gli parve di vedere i suoi grandi occhi verdi e penetranti, i suoi zigomi alti, le sue labbra lucenti.

Ma era solo un'illusione frutto della sua immaginazione e del suo desiderio. Anche quel giorno, come dieci, cento, mille volte negli ultimi quindici mesi. Vedeva Valeria in ogni fanciulla, la sognava ogni volta che i suoi occhi si chiudevano e la sua mente si abbandonava al sonno, pensava a lei ogni ora di ogni giorno.

La ragione gli diceva che non avrebbe mai più potuto rivederla. Ma il cuore non voleva saperne di arrendersi e ardeva di speranza, per quanto flebile questa potesse essere.

Julianus rilasciò la presa sul *gladius* e distolse lo sguardo dalla giovinetta, focalizzandolo sul sentiero che si snodava su per la collina davanti a lui.

Avevano una missione da compiere, e non erano consentite distrazioni.

***

Dopo circa mezz'ora raggiunsero la fonte Castalia, incuneata in una stretta gola tra due imponenti rupi e circondata da una fitta foresta di allori.

Cæsar smontò da cavallo, un morello delle Asturie, e gli accarezzò dolcemente la folta criniera nera. Un velo di malinconia avvolse il *dictator* quando il suo pensiero andò al padre del cavallo, Asturcone, suo fedele destriero nelle campagne di Gallia e nel fatidico passaggio del fiume Rubicone. Forte e coraggioso, ma al tempo stesso freddo in battaglia e ubbidiente agli ordini del suo cavaliere, Asturcone era morto pochi anni prima e, in sua memoria, Cæsar aveva fatto erigere una statua a Roma, davanti al tempio di Venere Genitrice.

Cæsar scosse leggermente la testa, quasi a voler scacciare il triste ricordo di Asturcone, e si diresse a passo svelto verso la fonte, in direzione di uno degli *hosioi*—i sacerdoti di Apollo—, che lo salutò chinando lentamente il capo e abbassando gli occhi.

Julianus e gli otto legionari smontarono da cavallo e si disposero a semicerchio, dando le spalle alla fonte e alle rupi, a protezione del *dictator*, gli scudi, di forma ovale e convessa, stretti al braccio sinistro, i giavellotti saldi nella mano destra, gli occhi vigili puntati sul sentiero di accesso e sugli alberi circostanti.

Cæsar si tolse le *caligæ*, si sfilò la tunica e si purificò con l'acqua fresca e cristallina della fonte, come il rituale imponeva a chi volesse visitare l'Oracolo.

Aveva bisogno di risposte. Non era venuto a Delfi per interrogare l'Oracolo sull'imminente campagna contro i Parti. Non l'aveva fatto prima di partire per le Gallie, né prima di scontrarsi con le legioni di Pompeo Magno nella guerra civile. Non sentiva la necessità di farlo neanche adesso. La fiducia nelle proprie capacità militari e nel valore dei suoi uomini era immensa. Le sedici legioni accampate nei pressi di Apollonia—quasi centomila uomini tra legionari, cavalieri e truppe ausiliarie— avrebbero sbaragliato le armate partiche, invaso la Mesopotamia e vendicato la disfatta di Carre[12]. Di questo era certo.

Le risposte che cercava erano altre. E riguardavano l'uomo che gli aveva salvato la vita e che in quel momento era lì, a Delfi, a pochi passi da lui: Publius Liburnius Julianus.

Quell'uomo diceva di aver viaggiato nel futuro, di aver visto carri privi di cavalli, luci senza fuoco, immense aquile d'acciaio con decine di uomini nel loro ventre. E parlava di una terra immensa e ricchissima al di là del Mare Oceanum, una terra che aspettava solo di essere

---

[12] La battaglia di Carre fu combattuta il 9 giugno del 53 a.C. tra l'esercito romano al comando di Marco Licinio Crasso e quello partico al comando di Surena.

24

conquistata dalle legioni di Roma.

Poteva esserci qualcosa di vero nelle sue parole? Si trattava soltanto dei deliri di un pazzo? *Julianus non sembra affatto pazzo,* pensò Cæsar, guardando con la coda dell'occhio il centurione che gli dava le spalle.

Il *dictator* reclinò la testa all'indietro e chiuse gli occhi, mentre l'acqua fresca della fonte gli scorreva tra i capelli, sul viso, sul collo. Un gradito refrigerio per il suo corpo accaldato. Si passò lentamente le dita tra i capelli mentre l'acqua gli scorreva lungo la schiena.

Chi aveva informato Julianus della congiura? Il centurione sosteneva di averlo letto su una tavoletta luminosa durante il suo viaggio nel futuro.[13] Perché inventare una storia così assurda invece di ammettere di aver avuto un informatore? Julianus stava forse coprendo qualcuno?

E se invece Julianus fosse stato egli stesso uno dei congiurati, defilatosi all'ultimo momento per denunciare i compagni e guadagnarsi così la fiducia di Cæsar? *Posso veramente fidarmi di lui?*, si chiese il *dictator.*

Qualunque fosse stato il responso dell'Oracolo, Julianus sarebbe venuto con lui nella campagna contro i Parti. E lui, Cæsar, ne avrebbe testato la fedeltà, giorno dopo giorno, settimana dopo settimana, mese dopo mese. Così aveva deciso.

Completata l'abluzione, il *dictator* si asciugò con un panno di cotone bianco, si rivestì e montò nuovamente a cavallo, seguito dai suoi uomini.

***

---

[13] Si veda il Capitolo 30 di CHANGING HISTORY.

Cæsar lasciò tre uomini di guardia ai cavalli e risalì a piedi la Via Sacra in direzione del Tempio di Apollo, che dominava dall'alto la valle. Julianus smontò da cavallo e lo seguì, tirando la capretta dietro di sé, accompagnato dagli altri cinque legionari.

Nella lenta ascesa al tempio, i sette uomini sfilarono accanto a imponenti colonne, raffinate statue, e opulenti tempietti votivi, fino a raggiungere uno sfarzoso altare di marmo nero posto dinanzi all'ingresso del tempio, la cui imponente facciata anteriore era costituita da sei gigantesche colonne di tufo con capitelli dorici.

Uno dei sacerdoti si avvicinò a Cæsar per ricevere la consueta offerta richiesta a chi volesse interrogare l'Oracolo. Nel frattempo, due dei legionari afferrarono la capretta e la legarono distesa sull'altare affinché venisse sacrificata.

Compiuto il sacrificio, Cæsar si avviò verso il *prònaos*, il portico anteriore del tempio, lasciando Julianus e gli altri cinque legionari di guardia nel piazzale.

La massima incisa sul frontone catturò la sua attenzione:

ΓΝΩΘΙ ΣΑΥΤΟΝ—*conosci te stesso.*

Il *dictator* si fermò per qualche istante, gli occhi fissi sulle grandi lettere dell'iscrizione. Un invito a conoscere—e accettare—i propri limiti. Il dio Apollo gli stava già comunicando qualcosa? Doveva accontentarsi delle vittorie militari ottenute sino ad allora? Attaccare il Regno dei Parti e ampliare i domini di Roma a oriente voleva dire non conoscere se stessi? Varcare il Mare Oceanum voleva dire oltrepassare i propri limiti?

«Qualche problema, generale?»

La voce di Aléxandros, dal piazzale, lo destò dai propri pensieri. Era stato proprio Aléxandros, qualche giorno prima, a suggerirgli di consultare l'Oracolo. Si trovavano allora nei pressi di Apollonia, di fronte all'isola di Corcyra[14], e il porto di Kirra distava una giornata di navigazione soltanto.

«Nulla», rispose deciso Cæsar, dirigendosi verso il *naós*, la parte più interna del tempio,

Un *prophétes*—uno dei sacerdoti di Apollo che assistevano la Pizia—gli si avvicinò e gli chiese di attendere che l'Oracolo fornisse il suo responso.

***

La Pizia entrò nell'*ádyton*, il locale sacro posto al di sotto del tempio. Indossava una lunga veste bianca di lino che le sfiorava le caviglie nude. Lunghi capelli, neri e crespi, le scendevano sul petto, incorniciando un volto non più giovane ma che lasciava ancora intravedere la straordinaria bellezza di un tempo. Raggiunse il centro della stanza e si sedette su un tripode, posto esattamente sopra una profonda fenditura nel terreno dalla quale si sprigionavano misteriosi fumi solforosi. Il vapore mistico le penetrò le narici. La donna gettò indietro la testa e iniziò a fremere, scossa da violente convulsioni. Frasi sconnesse le uscirono dalle labbra durante il delirio, parole enigmatiche pronunciate con voce roca e profonda che il *prophétes* si affrettò a trascrivere.

***

---

[14] Corfù, nel mar Ionio.

Come una belva in gabbia, Cæsar camminava freneticamente avanti e indietro, in attesa. Da qualche minuto non udiva più la voce della Pizia, segno che il responso doveva essere stato emesso. Il *dictator* fremeva per l'impazienza, gli occhi fissi sulla scala che scendeva nell'*ádyton*.

Finalmente, qualche istante dopo, apparve il *prophétes*. Il sacerdote consegnò a Cæsar un rotolo di pergamena di pelle di capra su cui aveva trascritto le parole pronunciate dalla Pizia nel suo delirio. Il *dictator* afferrò il rotolo e lesse gli esametri in dialetto ionico che componevano l'Oracolo.

SULLA SCIA DEL CARRO DEL SOLE
L'AQUILA PORTERÀ IN TERRE IGNOTE
CHI HA VISTO CIÒ, CHE UN DÌ ESSER POTRÀ.
ASCOLTA IL FIGLIO DELLE ABSIRTIDI!
SARÀ L'UOMO FUORI DAL TEMPO
A IMPORRE AL FATO NUOVI PERCORSI.

3

Nova Roma, a. d. VII Kal. Apr., 2803 a.U.c.
(Nova Roma, 26 marzo 2050)
LINEA TEMPORALE ALTERNATIVA

I versi dell'Oracolo erano stati, nei secoli, oggetto tra gli storici di innumerevoli studi, contrastanti opinioni, infiniti interrogativi e frequenti dispute, sfociate non di rado in vivaci alterchi.

Gli studiosi erano concordi nell'interpretare i primi due versi come una profezia della conquista romana della Julia Septentrionalis e della Julia Australis, le TERRE IGNOTE verso le quali i *milites* della *Legio XII* avevano portato l'AQUILA di Roma attraversando il Mare Oceanum da oriente verso occidente, SULLA SCIA DEL CARRO DEL SOLE.

Tale interpretazione sembrava essere confermata dal quarto verso dell'Oracolo: ASCOLTA IL FIGLIO DELLE ABSIRTIDI. Era infatti un dato storico incontestabile che l'invasione del nuovo continente fosse iniziata nel 713[15] per opera della *Legio XII Fulminata*, comandata dal *legatus pro prætore*[16] Publius Liburnius Julianus, FIGLIO DELLE ABSIRTIDI in quanto nativo di Crepsa, una delle due isole maggiori dell'arcipelago[17].

---

[15] Il 41 avanti Cristo.
[16] Comandante di una legione.
[17] Le due isole maggiori dell'arcipelago delle Absirtidi sono Cherso (in origine Crepsa, oggi Cres) e Lussino (oggi Lošinj), in Croazia. Il nome deriva da Absirto (o Apsirto), fratello di Medea. Oltre al nome dell'arcipelago, altri toponimi locali rimandano al mito di Medea,

29

Oggetto di disquisizioni e interpretazioni contrastanti era invece da sempre il terzo verso: CHI HA VISTO CIÒ, CHE UN DÌ ESSER POTRÀ.

I più vi leggevano un'esaltazione delle straordinarie doti militari di Gaius Julius Cæsar, capace di individuare un immenso territorio di conquista in quella che chiunque altro riteneva essere soltanto una sterminata distesa d'acqua.

E se invece l'Oracolo non si riferisse affatto a Cæsar?, pensò Valerius, aggrottando la fronte e accarezzandosi il mento con la mano destra.

Si versò un po' di succo di canna da zucchero in una coppa di cristallo, e appoggiò la schiena a una delle due sottili colonne di marmo che sorreggevano l'arco di collegamento tra il grande *atrium* e la camera da letto. Sorseggiò il succo, riflettendo.

La "sua scoperta", come l'aveva chiamata Plinius, apriva scenari precedentemente inimmaginabili. Viaggi nel tempo. Nel passato, certo. Ma anche nel futuro, come aveva dimostrato il recente esperimento con un cubetto di ferro[18]. Il futuro... *ciò, che un dì esser potrà*.

E se i primi quattro versi dell'Oracolo si riferissero invece tutti a Julianus? Se il Figlio delle Absirtidi avesse in qualche modo visto il futuro, e fosse quindi partito alla volta della Julia sapendo già cosa avrebbe trovato al di là del Mare Oceanum?

Alla luce del loro recente esperimento, era un'ipotesi da non escludere a priori.

Valerius bevve l'ultimo sorso di succo, quindi posò la coppa di cristallo all'interno dell'apparecchio che in pochi

---

come le cittadine di Apsorrus (oggi Osor) sull'isola di Cherso, e Medea (oggi Medveja) sulla terraferma.
[18] Si veda il Capitolo 37 di CHANGING HISTORY.

30

secondi l'avrebbe sciacquata, asciugata, e disinfettata mediante radiazione ultravioletta. Si accomodò poi su una morbida poltroncina ergonomica, poggiò i gomiti sui braccioli imbottiti e, rivolto all'intelligenza artificiale che sovrintendeva alla domotica nel suo appartamento, ordinò: «Ancilla, visualizza i *Commentarii de Incursione in Orbem Novum*[19], del *legatus* Publius Liburnius Julianus».

Il pannello di mogano che rivestiva la parete di fronte alla poltroncina scivolò lateralmente, rivelando un grande schermo a cristalli liquidi ad altissima definizione. Pochi istanti dopo, le prime parole del testo apparvero sullo schermo, scandite con precisione da una voce femminile armoniosa e sensuale...

---

[19] *Diari dell'Invasione del Nuovo Mondo.*

Parte Seconda:
AL DI LÀ DEL MARE

Non si può mai attraversare l'oceano
se non si ha il coraggio di perdere di vista la riva

Cristoforo Colombo

4

Mare Internum, a. d. III Kal. Sext., 713 a.U.c.
(Mar Mediterraneo, 30 luglio 41 avanti Cristo)
LINEA TEMPORALE ALTERNATIVA

Si preannunciava una giornata afosa. L'aria calda e umida, sospinta da un debole vento di scirocco, creava sul mare una leggera foschia che avvolgeva l'intera flotta romana.

Julianus, ritto sul ponte della gigantesca quinquereme[20], osservava, con un misto di reverenza e timore, il massiccio promontorio monolitico del *Mons Calpe*[21] che incombeva sulla nave, alla sua destra. Un paio di pernici volteggiavano leggere sfruttando le correnti ascensionali che si formavano tra la piana costiera e l'imponente sperone roccioso.

«Stiamo per varcare le *Columnæ Herculis*[22]», disse in tono grave il tribuno Paulus Æmilius Maximus.

«Abbiamo già combattuto e vinto nel Mare Oceanum», rispose asciutto Julianus[23], senza voltarsi, ostentando più

---

[20] Nave da guerra romana. Lunga circa cinquanta metri, disponeva di cinque ordini di remi ed era in grado di trasportare circa cinquecento uomini, tra rematori, soldati e membri dell'equipaggio.

[21] Oggi Rocca di Gibilterra.

[22] Tradizionalmente collocate in corrispondenza dello Stretto di Gibilterra, le Colonne d'Ercole (Mons Calpe e Mons Abila) indicano, nella letteratura classica occidentale, il limite geografico del mondo conosciuto e, metaforicamente, il limite della conoscenza.

[23] Il riferimento è alla battaglia del Veneticus Sinus, in Bretagna, combattuta nel 56 a.C. tra la flotta romana di Giulio Cesare e quella

sicurezza di quanta ne avesse realmente.

«Che gli dèi ci proteggano», mormorò il tribuno.

«I Neptunalia[24] quest'anno sono stati più solenni del solito. Mai sono stati sacrificati così tanti tori e capretti, né mai le corse di carri hanno avuto così tanti partecipanti.»

Il *legatus* inspirò a pieni polmoni. Oltre all'intenso odore di salsedine, gli parve di percepire un lieve profumo di timo. Non distolse lo sguardo dall'incombente ammasso roccioso punteggiato di pini e alberi di ulivo, mentre la nave scivolava via veloce, spinta con forza dal movimento ritmico e coordinato dei suoi *remiges*[25].

Qualche minuto dopo, superato il Mons Calpe, Julianus si voltò e osservò dietro di sé l'immensa flotta romana che avanzava silenziosa sull'acqua, le prue nero-azzurre che fendevano le onde con maestosa eleganza. Decine di triremi e quadriremi trasportavano migliaia di legionari romani, truppe ausiliarie e *milites classiarii*[26], accompagnate da ippagoghe per i cavalli e navi onerarie adibite al rifornimento di acqua e viveri.

«America, stiamo arrivando!» sussurrò Julianus, facendo attenzione che nessuno potesse udirlo.

---

del popolo celtico dei Venéti. Fu il primo scontro navale dei Romani nell'Atlantico.

[24] Cerimonie in onore di Nettuno, dio delle acque e dell'irrigazione, celebrate il 23 luglio con sacrifici, balli e corse di carri e cavalli.

[25] *Rematori*. Contrariamente a quanto rappresentato in alcuni film, la flotta romana, tranne casi del tutto eccezionali, non utilizzava schiavi come rematori, bensì marinai romani.

[26] *Marinai*.

5

Nova Roma, a. d. VII Kal. Apr., 2803 a.U.c.
(Nova Roma, 26 marzo 2050)
LINEA TEMPORALE ALTERNATIVA

Valerius si alzò dalla poltroncina e si avvicinò, pensieroso, alla grande vetrata dell'*atrium*. Le braccia dietro la schiena, la mano destra nella sinistra, osservò distrattamente l'imponente *altadomus* sede del senato provinciale, il *Senatus Provinciæ Juliæ Septentrionalis*.

Più di duecento piani di solido acciaio e cristallo rinforzato, era l'edificio più alto di Nova Roma e sorgeva pressoché al centro dell'isola di Mannahatta. Sulla sua sommità si ergeva un *tholos*, un colonnato circolare formato da ventuno gigantesche colonne marmoree sormontate da una cupola dorata sulla quale sventolava lo stendardo della *Fœderatio*[27], un'aquila di colore giallo oro su sfondo rosso porpora. Ai quattro vertici dell'*altadomus*, all'altezza della base delle colonne, svettavano quattro enormi aquile di marmo con le ali spiegate e la testa di ciascuna di esse rivolta a oriente, nella direzione dell'Urbe. Sulla sommità della cupola, equidistanti l'una dall'altra, risaltavano le quattro lettere marmoree simbolo del potere romano: SPQR, *Senatus PopulusQue Romanus*[28].

Julianus aveva varcato le Colonne d'Ercole il terzo

---

[27] *Federazione.* È la *Fœderatio Provinciarum Romæ* menzionata nel Capitolo 37 di CHANGING HISTORY.
[28] Il Senato e il Popolo Romano.

37

giorno prima delle *calendæ* di *Sextilis* del 713[29] e aveva fatto rotta verso Onoba Æstuaria[30], da dove la flotta romana era ripartita quattro giorni dopo. Quanto scritto da Julianus nei *Commentarii* lasciava intendere che non si fosse trattato di una scelta casuale. Sembrava, anzi, che il *legatus* fosse voluto partire precisamente da quel luogo, esattamente in quel giorno[31].

Perché?, si arrovellava Valerius, senza riuscire a darsi una risposta convincente.

Ma la domanda che lo tormentava era un'altra.

Tra legionari, truppe ausiliarie e marinai, Julianus disponeva di un esercito di circa dodicimila uomini. Una forza di invasione più che di esplorazione.

Julianus sapeva già cosa avrebbe trovato al di là dell'oceano?

---

[29] Il 30 luglio del 41 avanti Cristo. Le calende (*calendæ*) indicano il primo giorno del mese. Da *calendæ* derivano, per esempio, i termini *calendario* (italiano e spagnolo), *calendrier* (francese), *calendar* (inglese), *Kalender* (tedesco). Sestile (*Sextilis*) era il nome dell'ottavo mese dell'anno, successivamente ribattezzato *agosto* dall'imperatore Augusto.

[30] Oggi Huelva, nella comunità autonoma dell'Andalusia, in Spagna.

[31] Cristoforo Colombo, nel suo primo viaggio verso le Americhe, partì da Palos de la Frontera, a pochi chilometri da Huelva, il 3 agosto 1492. Julianus ne era a conoscenza, avendo appreso queste informazioni da Valeria e da Internet (si veda il Capitolo 35 di CHANGING HISTORY).

6

Mare Oceanum, a. d. V Eid. Sext., 713 a.U.c.
(Oceano Atlantico, 9 agosto 41 avanti Cristo)
LINEA TEMPORALE ALTERNATIVA

Il massiccio rostro di bronzo a due punte fendeva agilmente le onde nere, spinto con vigore dal ritmo regolare dei lunghi remi che a decine fuoriuscivano dalle scalmiere uniformemente distribuite sulle fiancate della quinquereme.

Un crescente bagliore a oriente, in direzione dell'Africa, annunciava il sorgere di un nuovo giorno, tinteggiando di rosa e arancio le nubi all'orizzonte e rischiarando il manto nero del cielo.

Julianus, appoggiato con entrambe le mani al parapetto di babordo, osservava distrattamente la spuma delle onde scivolare veloce lungo la robusta chiglia di legno foderata di piombo della nave da guerra romana.

«Terra! Terra dritto davanti a noi!» gridò uno dei marinai.

Julianus volse immediatamente lo sguardo nella direzione indicata dal soldato e vide profilarsi, nel cielo grigio rischiarato dai raggi dell'alba, il profilo scuro e minaccioso di un cono vulcanico.

Le Isole Canarie, pensò Julianus, ricordando quanto aveva appreso a proposito del primo viaggio di Cristoforo Colombo.

Con un misto di inquietudine e trepidazione, il *legatus* fissò intensamente la rigogliosa vegetazione che ammantava le pendici del cratere e le coste frastagliate

39

dell'isola. Lauri sempreverdi, pini, palme, agavi, cactus. *Terra*. Nelle settimane successive la flotta romana non avrebbe incontrato altro che un'immensa e vuota distesa d'acqua.

Una coppia di delfini si avvicinò incuriosita alla quinquereme, attirando l'attenzione dell'equipaggio con spettacolari evoluzioni e agili salti sopra la superficie dell'acqua, per poi allontanarsi veloce verso occidente, quasi volesse indicare alle navi romane la rotta da seguire.

7

Nova Roma, a. d. VII Kal. Apr., 2803 a.U.c.
(Nova Roma, 26 marzo 2050)
LINEA TEMPORALE ALTERNATIVA

«Ancilla, mostrami il moto degli Alisei nell'emisfero boreale», ordinò Valerius all'intelligenza artificiale.

Un istante dopo una simulazione anemometrica venne visualizzata sullo schermo a cristalli liquidi. Una serie di frecce di colori diversi indicò il moto dei venti Alisei nell'Atlantico Settentrionale.

«Sovrapponi al tracciato anemometrico la rotta seguita dalla flotta romana nell'anno 713.»

Valerius si avvicinò allo schermo per vedere meglio. Tracciato anemometrico e rotta erano perfettamente sovrapposti, fatta eccezione per gli ultimi cinque giorni di navigazione, quelli dopo la tempesta. Per quasi quattromila miglia Julianus aveva inequivocabilmente seguito gli Alisei, che, soffiando regolari e costanti verso occidente, avevano gonfiato le vele minimizzando lo sforzo richiesto ai rematori.

«Esistono testimonianze di navigazione oceanica agevolata dagli Alisei prima del 713?» chiese Valerius.

«Negativo, *domine*[32]. I venti Alisei non risultano conosciuti prima del viaggio del *legatus* Julianus», rispose in tono asciutto la voce artificiale di Ancilla.

«Ancilla, rileggimi quanto scritto nei *Commentarii* a proposito delle scorte di cibo e acqua al momento della

---

[32] *Padrone.*

41

partenza della flotta da Onoba Æstuaria.»

«Ceci, fagioli, formaggio, cipolle, olive, frutta secca, carne sotto sale...»

«Trovami il passo in cui si accenna alla quantità delle scorte», la interruppe Valerius, impaziente.

«... le navi onerarie trasportavano viveri e acqua in quantità doppia rispetto a quanto necessario...»

«Esattamente questo!» esclamò Valerius. «*Quantità doppia...* rispetto a cosa? *Quanto necessario...* per andare dove?» Valerius si passò una mano tra i capelli, quindi si accarezzò nervosamente il mento. «Ci sono accenni nei *Commentarii* a quale potesse essere la meta di Julianus?»

«Negativo. Il *legatus* fa riferimento al nuovo mondo soltanto successivamente allo sbarco.»

Valerius si lasciò cadere stancamente sulla poltroncina e, con i gomiti poggiati sui braccioli imbottiti, unì i polpastrelli delle mani, avvicinando le punte degli indici alle labbra e riflettendo. Troppe cose non tornavano, troppi dettagli non collimavano... la meta del viaggio, le scorte di viveri, la conoscenza dei venti, la dimensione dell'esercito.

Le parole del terzo verso dell'Oracolo gli risuonarono in testa più forti che mai.

CHI HA VISTO CIÒ, CHE UN DÌ ESSER POTRÀ.

8

Mare Oceanum, a. d. VIII Kal. Oct., 713 a.U.c.
(Oceano Atlantico, 24 settembre 41 avanti Cristo)
LINEA TEMPORALE ALTERNATIVA

Per oltre quaranta giorni la flotta romana aveva mantenuto una rotta costante verso occidente, combinando la spinta regolare dei venti Alisei con la forza delle braccia di migliaia di *remiges*. Giorni e notti si erano alternati monotoni sul vuoto infinito dell'immensa distesa d'acqua. Con il solo ausilio di una bussola pelasgica[33], una rosa dei venti imperniata al centro di ciascuna nave e girevole attorno a un perno, la flotta aveva saputo orientarsi con il sole di giorno e con le due Orse—Ursa Major e Ursa Minor—di notte, tenendo la stella Canòpo[34] costantemente alla propria sinistra. Sporadiche nuvole bianche avevano occasionalmente punteggiato di bianco l'azzurro intenso di un cielo completamente privo di uccelli.

Fino a cinque giorni prima.

Il tredicesimo giorno prima delle calende di ottobre[35],

---

[33] La bussola pelasgica, o *pinax*, veniva orientata manualmente in relazione al punto dove il sole sorge, cioè l'oriente. Lo stesso verbo *orientarsi* significa letteralmente *"prendere l'oriente come punto di riferimento"*.

[34] In età tardo-repubblicana, Canòpo era visibile dalle coste africane ma non a latitudini superiori. Era pertanto nota ai popoli mediterranei, ma sconosciuta a quelli nordeuropei. Dopo la sconfitta di Farsalo, Pompeo si orientò con Canòpo e le due Orse nella sua fuga via mare da Alessandria d'Egitto al golfo della Sirte, nell'odierna Libia.

[35] Il 19 settembre.

43

sul calar della sera, minacciose nuvole plumbee erano comparse all'orizzonte, in direzione sud-ovest, caricando l'aria di elettricità. I marinai si erano affrettati ad ammainare le vele e ruotare le prue delle navi in direzione del fronte temporalesco per minimizzare la superficie d'impatto. I ponti di coperta erano stati sgomberati, i remi ritratti, i carichi saldamente fissati alle stive delle imbarcazioni mediante catene e robuste corde di canapa.

In pochi minuti si era scatenato l'inferno.

Onde alte come *insulæ* avevano travolto le navi romane, rovesciando torrenti d'acqua sui ponti di coperta, sferzati al contempo dalla furia del mare e dalla violenza di una pioggia impetuosa. Le chiglie di legno delle imbarcazioni erano state squassate dalla ferocia di venti e marosi, scricchiolando paurosamente. Decine di folgori accecanti avevano illuminato a intermittenza il cielo nero come la pece, accompagnate da una sequenza terrificante di tuoni fragorosi.

Tra i soldati c'era stato chi aveva invocato la protezione dei propri *penates*[36], chi offerto voti al dio Nettuno, chi urlato ordini ai sottoposti, chi spronato i compagni all'azione, e chi, sconvolto dai violenti movimenti oscillatori dell'imbarcazione, non era riuscito a trattenersi dal vomitare. Mai il Mare Internum[37] aveva assalito le navi romane con l'impeto e la brutalità del Mare Oceanum.

La tempesta aveva flagellato le flotta per circa sei, interminabili, ore. Alle prime luci dell'alba, quando il sorgere di un timido sole aveva annunciato la fine di un incubo e riportato una quiete tanto irreale quanto insperata, tre navi erano mancate all'appello e altre otto avevano

---

[36] *Penati*, spiriti protettori di una famiglia e della sua casa nella religione romana.
[37] Mar Mediterraneo.

riportato ingenti danni. Degli oltre quattrocento uomini a bordo delle tre navi affondate, due triremi e un'ippagoga, solo sedici erano stati ritrovati vivi. Nessuno dei cavalli trasportati dall'ippagoga era sopravvissuto, di fatto appiedando circa un quarto della cavalleria germanica al seguito della *Legio XII*. Le due triremi naufragate trasportavano una centuria di legionari romani e una di frombolieri delle Baleari, parte delle circa quattromila truppe ausiliarie di supporto all'esercito romano.

Il furore della tempesta aveva trascinato le navi decine di miglia più a nord rispetto alla rotta prevista. La spinta favorevole dei venti Alisei si era significativamente attenuata. Le speranze di salvezza della flotta, da quel momento in poi, erano riposte quasi esclusivamente nei muscoli dei *remiges*.

***

«Julianus...»

La voce era poco più di un sussurro, dolce e sensuale. I grandi occhi verdi della fanciulla lo guardavano con affetto, le sue dita gli accarezzavano delicatamente i capelli.

«*Reverti.*[38]»

«*Latine loqueris, Valeria?*[39]» chiese Julianus, provando al tempo stesso un misto di sorpresa e gioia.

«*Linguam latinam didici, ut tecum vivere possim.*[40]»

La giovane si chinò su di lui per baciarlo. Julianus sentì il sapore fruttato delle labbra di Valeria che sfioravano le

---

[38] *Sono tornata.*
[39] *Parli latino, Valeria?*
[40] *Ho imparato il latino per poter vivere con te.*

45

sue mentre i battiti del suo cuore acceleravano vertiginosamente. Era tornata. Valeria era tornata per vivere con lui.

«*Avem! Avem video!*[41]»

Era una voce maschile, distante.

Il volto di Valeria parve dissolversi, come se avesse improvvisamente acquisito la consistenza di una nuvola.

«*Iterum te videbo*[42]», promise, prima di svanire nel nulla.

«Valeria! No!» gridò Julianus, allungando disperatamente il braccio destro nel vano tentativo di trattenere a sé la donna amata.

Aprì gli occhi.

La nave era in fermento. Gli uomini affollavano il ponte, vociando rumorosamente. Chi si lasciava andare a grida di tripudio, chi rendeva solennemente grazie agli dèi, chi si abbracciava di gioia. Gli occhi di tutti erano rivolti verso il cielo, a occidente.

Un giovane gabbiano volteggiava leggero nel chiarore intenso del cielo mattutino, librandosi curioso sulle navi di testa della flotta romana, le ali di colore bianco e marrone spiegate al vento. Sorvolò veloce la quinquereme, accompagnato dalle grida e dai fischi degli uomini sul ponte, ai quali rispose schiudendo il sottile becco giallo ed emettendo un garrito acuto e prolungato. Eseguì quindi un'ampia spirale ascensionale sorvolando due quadriremi, per poi allontanarsi rapido verso occidente, spinto dal vento e dal battito lento e ritmato delle proprie ali.

Julianus osservò compiaciuto la grande vela rosso porpora gonfiarsi orgogliosa al vento. Era il mattino del 24 settembre, la meta era vicina.

---

[41] *Un uccello! Vedo un uccello!*
[42] *Ci rivedremo.*

«*Terra longinqua non est*[43]», mormorò tra sé, le labbra arcuate in un sorriso soddisfatto.

---

[43] *La terra non è lontana.*

9

Julia Septentrionalis, a. d. VIII Kal. Oct., 713 a.U.c.
(Julia Settentrionale, 24 settembre 41 avanti Cristo)
LINEA TEMPORALE ALTERNATIVA

L'orsetto lavatore era a pochi passi da lui, le zampe posteriori immerse nell'acqua bassa del ruscello che si snodava sinuoso tra rocce e tronchi prima di terminare la sua lunga corsa nell'immensità dell'oceano. Foglie rosse, marroni e gialle segnalavano l'inizio dell'autunno, coprendo di un manto di colori caldi e accesi la vegetazione del sottobosco o scivolando pigre sulla superficie dell'acqua, trascinate dalla corrente.

Il piccolo Honiahaka osservava ammaliato l'animale impegnato nella caccia di pesci e anfibi, abbondanti nelle acque fresche e cristalline del corso d'acqua. Era raro imbattersi in un procione alla luce del giorno, il che rendeva quell'incontro ancora più speciale ed eccitante per un bimbo di sette anni.

Un affusolato pesce di colore marrone chiaro con macchie rotonde più scure si dibatteva disperatamente tra gli artigli dell'orsetto lavatore, la bocca schiusa in un grido muto di terrore. Il procione affondò i denti nella soffice carne della preda per poi voltarsi improvvisamente e guardare nella direzione in cui si nascondeva Honiahaka, acquattato dietro un tronco d'acero. Il bambino sentì su di sé gli occhietti neri e inespressivi dell'animale, ingigantiti dalle macchie rotonde di pelo nero che disegnavano sul volto del piccolo mammifero una singolare mascherina, interrotta da una sottile striscia di colore bruno-nerastro

48

che si estendeva dal naso alla fronte. Il procione ruotò lentamente la testa a destra e a sinistra, guardingo, annusando l'aria e aguzzando le orecchie, coperte di pelo bianco e leggermente arrotondate. D'un tratto abbassò gli arti anteriori e, con il pesce stretto tra i denti, si allontanò trotterellando in maniera un po' goffa nella direzione opposta a quella del nascondiglio di Honiahaka, l'inconfondibile coda ad anelli chiari e scuri bassa e dritta dietro di sé.

Pochi istanti dopo, una voce squarciò improvvisamente il silenzio del bosco, accompagnata da un rumore di foglie calpestate e ramoscelli spezzati.

«Honiahaka! Vieni a vedere! Presto!»

Kwahu, di quattro anni più grande, si materializzò alle spalle del fratellino, sbracciandosi animatamente affinché questi lo seguisse.

«Hai fatto scappare l'*aracconen*[44]!» piagnucolò il piccolo.

«Lascia perdere l'aracconen! Vieni con me!» lo sollecitò Kwahu, avviandosi di corsa verso la costa, nella stessa direzione da cui era venuto. Honiahaka sgambettò dietro di lui, stuzzicato dalla curiosità ed eccitato dall'avventura.

I due bambini corsero a perdifiato zigzagando tra i tronchi degli aceri finché raggiunsero i margini del bosco, dove un'ampia radura si affacciava sull'oceano.

Kwahu si chinò in avanti per riprendere fiato, afferrandosi saldamente le cosce con entrambe le mani e dando al fratellino il tempo di raggiungerlo e affiancarsi a lui.

---

[44] È il termine con cui i Nativi Americani chiamavano il procione e dal quale deriva l'inglese *raccoon*. Letteralmente significa "*colui che gratta le mani*".

49

«Laggiù», disse poi, estendendo il braccio destro verso il mare e indicando l'orizzonte. «Guarda!»

Honiahaka sgranò i grandi occhi scuri e spalancò la bocca per lo stupore e l'incredulità.

La distesa d'acqua di fronte a loro era punteggiata a perdita d'occhio da decine di gigantesche imbarcazioni, che scivolavano silenziose sull'acqua come tanti millepiedi che sollevano e abbassano le zampe in un movimento alternato, armonico e coordinato. Le prue nere e blu, sulle quali erano dipinti enormi occhi[45] policromi, fendevano prepotentemente l'acqua, che si infrangeva contro le chiglie di legno in un'esplosione di spruzzi. Sulle enormi vele quadrate gonfiate dal vento—tutte bianche tranne una[46]—era stilizzata un'immensa aquila color porpora, con le ali spiegate e la testa rivolta verso destra.

Il volto di Kwahu, fino a quel momento eccitato dalla visione dell'immensa flotta, si incupì in una smorfia di perplessità e timore quando lo scintillio dei raggi del sole su armature ed elmi rivelò la presenza, sui ponti delle navi, di migliaia di uomini armati e pronti allo sbarco.

«Torniamo al villaggio, presto!» gridò Kwahu, afferrando la mano destra del fratellino e trascinandolo verso il bosco. Zampettando dietro al fratello maggiore, Honiahaka si girò un'ultima volta a guardare il mare. La sua bocca era ancora spalancata per la meraviglia.

---

[45] Gli occhi delle imbarcazioni, o *oftalmoi*, avevano carattere apotropaico, per allontanare pericoli e nemici, o antropomorfico, per consentire all'imbarcazione di "vedere" la giusta rotta da seguire.

[46] La nave ammiraglia di una flotta romana, come la quinquereme su cui naviga Julianus, aveva vele color porpora.

10

Nova Roma, a. d. VII Kal. Apr., 2803 a.U.c.
(Nova Roma, 26 marzo 2050)
LINEA TEMPORALE ALTERNATIVA

La flotta romana aveva raggiungo la Julia Septentrionalis l'ottavo giorno prima delle calende di ottobre del 713[47].

Un *castrum*[48] a pianta quadrata era stato edificato nell'area più elevata della zona—una modesta collina a mezzo miglio circa dalla spiaggia e vicina a un torrente— e protetto perimetralmente da un profondo fossato, un terrapieno e un'alta palizzata costituita da tronchi d'acero acuminati. Le tende di legionari romani e truppe ausiliarie erano state montate secondo una disposizione precisa e prestabilita in base alle coorti di fanteria e alle *turmæ*[49] di cavalleria di appartenenza. Le navi erano state ancorate in rada circa un miglio più a nord, sfruttando il riparo naturale offerto da un'ampia insenatura in corrispondenza dell'estuario di un largo corso d'acqua.

Lo squillo acuto di un campanello destò Valerius dalle sue riflessioni. Il giovane scattò in piedi e raggiunse il piccolo ascensore interno che collegava l'appartamento al seminterrato dell'*altadomus*. Avvicinò l'occhio sinistro all'apparecchio oftalmico montato sulla parete, alla destra dell'ascensore, ed effettuò la scansione dell'iride per

---

[47] Il 24 settembre del 41 avanti Cristo.
[48] *Accampamento.*
[49] Unità di cavalleria romana formata da trenta cavalieri.

51

confermare la ricezione dell'ordine e autorizzare il pagamento automatico della merce attraverso il proprio conto bancario. Qualche istante dopo, un secondo squillo, meno acuto e più breve del precedente, segnalò l'arrivo degli articoli ordinati. Valerius fece scorrere verso destra l'anta metallica del vano ascensore ed estrasse una piccola cassa di legno dalla cabina.

«Ancilla, provvedi a sistemare gli articoli», ordinò Valerius.

«Subito, *domine.*»

Guidato dall'intelligenza artificiale di Ancilla, un piccolo robot antropomorfo alto circa tre *pedes*[50] scivolò rapido sul pavimento di marmo levigato, scoperchiò la cassa di legno con i suoi sottili bracci meccanici estensibili, e iniziò a disporre ordinatamente cibo e bevande nell'*armarium frigidarium*[51], che a sua volta registrò in memoria quantità e data di scadenza di ciascun articolo.

Le principali metropoli della *Fœderatio* disponevano ormai da decenni di una fitta rete di gallerie sotterranee attraverso le quali decine di migliaia di robot di varie dimensioni provvedevano al trasporto e alla consegna di generi alimentari e beni di prima necessità, recapitandoli direttamente a domicilio mediante gli ascensori interni di cui erano dotati quasi tutti gli appartamenti delle *altædomus*. Gli ordini venivano effettuati spesso autonomamente dalle intelligenze artificiali domotiche in base alle scorte ancora disponibili e alle abitudini alimentari e domestiche dei loro *domini*.

Valerius si avvicinò pensieroso alla vetrata. Una larga nuvola bianca aveva momentaneamente oscurato il sole,

---

[50] Un *pes*, o piede, corrisponde a 29,64 centimetri.
[51] *Frigorifero.*

proiettando la sua vasta ombra sull'estremità meridionale della penisola di Mannahatta. Una gigantesca nave merci, diretta probabilmente in Europa, stava sfilando lentamente davanti all'imponente statua in rame e acciaio di Gaius Julius Cæsar, che da oltre quattro secoli torreggiava sulla baia di Nova Roma. Il braccio destro teso rivolto verso l'alto, le dita leggermente dischiuse, il *dictator* sembrava voler accarezzare le colossali gru di carico della nave che gli scivolava davanti, in un gesto paterno e protettivo.

«Se non ricordo male, la prima vera battaglia ebbe luogo circa sette mesi dopo lo sbarco», disse Valerius senza voltarsi, gli occhi fissi sull'enorme statua di colui che aveva dato il nome al continente.

«Esatto, *domine*. La battaglia di Parentium[52] si combatté l'undicesimo giorno prima delle calende di maggio del 714[53]. Per oltre sei mesi le tribù di Nativi Juliani, per lo più formate da poche decine di individui, erano capitolate una dopo l'altra di fronte alle truppe romane, spesso senza neanche combattere. Gli *exploratores*[54] erano penetrati in maniera sistematica per decine di miglia nell'entroterra del nuovo continente, raccogliendo dettagliate informazioni sulla geografia e l'orografia dei territori esplorati, e sull'ubicazione e il numero di guerrieri delle tribù potenzialmente ostili. Le informazioni così raccolte avevano dato alla *Legio XII* il vantaggio di conoscere sempre in anticipo l'entità delle

---

[52] Sebbene tanto la battaglia quanto il sito della stessa siano ovviamente inventati, una città romana di nome Parentium è esistita ed esiste tuttora. Si tratta dell'odierna Poreč (Parenzo in italiano), in Croazia.

[53] Il 21 aprile del 40 avanti Cristo.

[54] Per lo più costituite da truppe ausiliarie a cavallo, le unità di esploratori (*exploratores*) dell'esercito romano erano dedite ad attività di *intelligence* e spionaggio.

forze nemiche e la configurazione dei possibili campi di battaglia. Tuttavia, nel mese di *Aprilis* del 714, nove tribù di Nativi unirono le proprie forze, raccogliendo un piccolo esercito di circa trecento guerrieri. Lo scontro con la *Legio XII* ebbe luogo un paio di miglia a nord del lago Waccamaw[55], dove, circa un secolo dopo, sarebbe sorta la città di Parentium.»

---

[55] Il lago Waccamaw esiste davvero, e si trova nella Carolina del Nord (Stati Uniti).

11

Julia Septentrionalis, a. d. XI Kal. Mai., 714 a.U.c.
(Julia Settentrionale, 21 aprile 40 avanti Cristo)
LINEA TEMPORALE ALTERNATIVA

Raffiche di aria fredda provenienti da nord spazzavano la collina, arcuando le cime degli abeti sempreverdi che ne ammantavano le pendici e sibilando minacciose tra i rami degli alberi. Cespugli di rododendro punteggiavano qua e là la piccola radura sferzata dal vento, il fruscio sommesso delle fronde accompagnava in sottofondo lo scricchiolio lamentoso dei rami degli alberi circostanti.

«*Quot sunt?*[56]» domandò Julianus.

In sella a uno splendido morello della Maremma Laziale, un cavallo tanto robusto e muscoloso quanto docile e coraggioso, il *legatus* osservava la massa di Nativi Juliani schierati lungo le colline circostanti, a circa due *stadia*[57] di distanza.

«In base a quanto riferito dai *præcursatores*[58], poco più di trecento uomini in tutto», rispose il tribuno Paulus Æmilius Maximus, a cavallo di un magnifico baio dai riflessi dorati. «Appartengono a nove tribù differenti, come si può notare facilmente dal loro schieramento.»

A conferma delle parole del tribuno, Julianus contò nove gruppi distinti tra le fila nemiche. Ciascun gruppo era disposto in modo pressoché circolare e raccolto intorno a

---

[56] *Quanti sono?*
[57] Uno *stadium* corrisponde a 185 metri.
[58] Unità di esploratori a cavallo, spesso formate da truppe ausiliarie.

55

una figura centrale—presumibilmente il capo tribù—, l'unico nel gruppo a indossare un copricapo di piume colorate.

I Nativi Juliani avevano carnagione olivastra, simile a quella degli egizi, con lunghi capelli corvini lisci che scendevano sulle spalle e lungo la schiena, fronte pronunciata, zigomi alti e occhi allungati di colore scuro. Vestivano abiti di pelle chiara, prevalentemente di cervo o wapiti, caldi mantelli di pelo di bisonte e morbide calzature senza lacci. I volti dei guerrieri erano marchiati da minacciose pitture facciali in cui predominavano il rosso e il nero. Erano armati di asce con manico di legno e testa di pietra, lunghe lance dalla punta di osso o selce, coltelli di pietra, ma soprattutto lunghi archi, spesso in legno di frassino, e frecce con punte di selce.

«Ecco i nostri ambasciatori», annunciò Æmilius in tono grave, allungando il braccio destro per indicare tre cavalieri che, a piccolo trotto, stavano attraversando la vallata sottostante, diretti verso l'esercito nemico. Un Nativo Juliano, appartenente a una tribù sottomessa a Roma e in grado di fare da interprete tra i due eserciti, cavalcava disarmato un robusto sauro color giallo sabbia con una vistosa marcatura bianca longitudinale sul muso. I lunghi capelli neri gli ondeggiavano ritmicamente sulle spalle seguendo i movimenti delle zampe del cavallo. Due massicci cavalieri germanici biondi, armati di lunghe lance e scudi ovali di colore blu cobalto, scortavano il Nativo ai lati, qualche passo dietro di lui.

Il cielo era grigio, l'aria carica di elettricità. Grandi nuvole plumbee oscuravano il sole, proiettando la loro ombra sinistra sulle colline sottostanti e sui due eserciti pronti a darsi battaglia.

Quando il terzetto di ambasciatori fu a circa mezzo

stadium di distanza dallo schieramento nemico, una dozzina di frecce venne improvvisamente scoccata da uno dei nove gruppi di Nativi Juliani, presto imitato, in successione, da tutti gli altri.

Due frecce colpirono mortalmente l'interprete, al petto e al collo, disarcionandolo e facendolo stramazzare al suolo con un tonfo sordo e uno sbuffo di polvere. Il sauro, colpito da un dardo al fianco sinistro, s'impennò emettendo un lungo nitrito di dolore e, ormai privo di cavaliere, fuggì via.

I due cavalieri germanici, più arretrati rispetto allo schieramento nemico, riuscirono a proteggere se stessi e i propri destrieri intercettando un paio di frecce con i loro grandi scudi di legno, e fecero ritorno a tutta velocità tra le fila dell'esercito romano.

«Hanno detto no», dichiarò Julianus con amarezza. Rimase in silenzio per qualche secondo, la mascella serrata per il disappunto. «*Tormenta tendite*[59]», ordinò poco dopo con voce decisa.

«*Tormenta tendite!*», gli fece eco Æmilius, trasmettendo l'ordine ai *ballistarii*[60].

***

Una decina di *onagri*[61] muniti di ruote vennero disposti a intervalli regolari lungo la linea frontale dell'esercito romano e caricati con pietre sferiche del peso di una trentina di *minæ*[62] ciascuna.

---

[59] *Caricate le macchine d'artiglieria.*
[60] Legionari addetti alle unità di artiglieria pesante.
[61] Simili a catapulte, gli *onagri* erano in grado di lanciare pietre di peso variabile tra i 4 e i 50 chili a distanze tra i 200 e i 600 metri.
[62] Una *mina* corrisponde a 436,224 grammi.

57

Una quantità uguale di *ballistæ*[63] venne frammezzata agli *onagri* e caricata con giavellotti della lunghezza di tre *cubita*[64] e dalla punta in ferro.

«*Iactate!*[65]» ordinò Julianus.

Il suono profondo e leggermente ovattato dei corni echeggiò tra le fila dell'esercito romano, trasmettendo l'ordine ai *ballistarii*.

Giavellotti e massi sibilarono minacciosamente nell'aria, coprendo in pochi secondi la distanza che separava i due eserciti e seminando morte e scompiglio nello schieramento nemico.

Mentre i primi Nativi Juliani cadevano colpiti dalle pietre o trafitti dai giavellotti, un'altra micidiale raffica di proietti veniva scagliata verso le linee avversarie dalla batteria di *onagri* e *ballistæ*, ricaricati con rapida efficienza e letale precisione dagli artiglieri romani.

Mentre le raffiche, incessanti, falciavano a decine i Nativi Juliani, troppo distanti perché le loro rudimentali frecce potessero raggiungere le truppe romane, i *cornicines*[66] ordinarono il movimento della fanteria.

Il terreno tremò sotto i passi di circa duemila uomini che si avviarono giù per le colline perfettamente allineati e sincronizzati. Il rumore metallico dei *gladii* che battevano ritmicamente sugli *scuta* echeggiò nella vallata, accompagnato dal suono cupo e lungo dei corni.

---

[63] Le *ballistæ* erano una sorta di balestre usate per scagliare dardi o sassi a distanze anche superiori ai 600 metri. I modelli più piccoli erano chiamati *scorpiones*.

[64] Un *cubitum* corrisponde a 44,46 centimetri.

[65] *Lanciate!*

[66] Sottufficiali dell'esercito romano, i *cornicines* (suonatori di corno), insieme ai *tubicines* (suonatori di tuba) e ai *bucinatores* (suonatori di buccina), avevano il compito di tramutare in segnali acustici gli ordini impartiti dagli ufficiali.

58

La prima coorte della *Legio XII*, circa mille soldati allineati su tre file, marciava al centro dello schieramento, affiancata, su ciascun lato, da una coorte di fanteria gallica che precedeva di qualche decina di passi una centuria di frombolieri delle Baleari.

I legionari della prima coorte si fermarono di colpo e all'unisono dopo aver percorso circa mezzo *stadium*. Le ali di fanti ausiliari e frombolieri avanzarono qualche altra decina di passi nella vallata, per poi arrestarsi a circa uno *stadium* di distanza dallo schieramento nemico e formare, insieme ai legionari della prima coorte, un fronte compatto di forma semiellittica.

Il battito ritmato dei *gladii* sugli *scuta* cessò improvvisamente. I soldati romani rimasero in attesa, silenziosi e immobili. L'insegna della *Legio XII*, un fulmine dorato su sfondo rosso, garriva al vento in cima all'asta che il *signifer*, il capo e le spalle coperte da una pelle di lupo, stringeva saldamente nella mano destra. Nel silenzio carico di tensione si poteva udire distintamente il fischio dei proietti di artiglieria che sorvolavano lo schieramento romano e si abbattevano con devastante precisione sui guerrieri nemici.

Fino a quando i Nativi Juliani non fecero esattamente quello che i Romani attendevano facessero.

I circa duecento Nativi sopravvissuti al micidiale bombardamento d'artiglieria si riversarono urlando giù per le colline e corsero disordinatamente incontro alle truppe romane.

Le due ali di fanteria gallica si inginocchiarono improvvisamente, lasciando visuale libera ai frombolieri, in piedi alle loro spalle, vestiti con semplici tuniche di lana bianca legate in vita con una corda di canapa.

Una gragnola di proiettili di pietra si abbatté sui Nativi

59

Juliani come una pioggia letale, falciandone a decine. Già feriti dai colpi delle frombole, alcuni Nativi riuscirono a scagliare, in un gesto ultimo di rabbia e frustrazione, frecce e lance in direzione dei soldati romani, che erano tuttavia schierati ben oltre la gittata massima delle loro semplici armi. Altri Nativi riuscirono miracolosamente a schivare la tempesta di proiettili lanciati contro di loro ed erano ormai a poche decine di passi dai legionari della XII.

«*Testudo!*[67]» gridarono i centurioni.

Gli scudi rettangolari di centinaia di legionari rotearono all'unisono e si allinearono con millimetrica precisione creando un muro che si erse compatto davanti alle poche dozzine di Nativi Juliani ancora in vita e lanciati all'assalto.

Uno dopo l'altro i Nativi stramazzarono al suolo, colpiti dai sassi scagliati dai frombolieri. Soltanto uno, miracolosamente illeso, continuò a correre verso il muro di scudi, il manico di legno dell'ascia stretto saldamente nella mano destra, i muscoli facciali contratti in una smorfia feroce. Sfruttando lo slancio della corsa, si gettò con impeto contro uno degli scudi, colpendolo violentemente con la spalla sinistra, mentre, roteando il braccio, conficcava la testa di pietra dell'ascia nello scudo adiacente. Con movimento fulmineo, un gladio si inserì tra i due scudi affiancati e lo colpì all'addome, perforandogli l'intestino. Il Nativo franò contro il muro di scudi, la mano sinistra intrisa di sangue premuta contro la ferita, la destra ancora serrata intorno al manico dell'ascia conficcata nello scudo. Fece appena in tempo a rivolgere un ultimo sguardo verso il cielo, dove il Grande Spirito a breve lo avrebbe accolto, prima che il mondo intorno a lui diventasse di

---

[67] *Testuggine* (schieramento protettivo caratteristico dell'esercito romano).

60

colpo nero e silenzioso.

***

«*Vicimus*[68]», esclamò Paulus Æmilius Maximus, rivolgendo a Julianus un sorriso soddisfatto.

«*Verene vicimus, Æmili?*[69]» chiese sarcastico il *legatus*. «*Estne hæc victoria?*[70]»

Il tribuno lo guardò perplesso, muto.

«Questa è una terra di uomini liberi e coraggiosi[71]. Guerrieri impavidi, che hanno preferito combattere e morire piuttosto che arrendersi. Avrebbero potuto diventare un giorno legionari valorosi, e combattere per la gloria di Roma. Invece oggi sono morti. Tutti.» Il tono di Julianus era amaro, la sua voce tradiva profonda tristezza. «Siamo venuti qui per conquistare questa terra e romanizzarne gli abitanti. Non per sterminarli. Abbiamo perso, Æmilius. Oggi abbiamo perso tutti.»

---

[68] *Abbiamo vinto.*
[69] *Abbiamo vinto veramente, Æmilius?*
[70] *È una vittoria questa?*
[71] *The land of the free and the home of the brave* (letteralmente, *il paese degli uomini liberi e la dimora dei coraggiosi*) sono le parole che descrivono gli Stati Uniti nel loro inno nazionale.

61

12

Nova Roma, a. d. VII Kal. Apr., 2803 a.U.c.
(Nova Roma, 26 marzo 2050)
LINEA TEMPORALE ALTERNATIVA

Valerius si accarezzò il mento, assorto nei propri pensieri. Guardò distrattamente due squadre di giovani giocare all'*harpastum*[72] in uno spiazzo di terra e sabbia circondato su tre lati da *altædomus*. Nuvole di polvere accompagnavano i movimenti dei giocatori in campo, incitati da qualche decina di spettatori infervorati—presumibilmente parenti dei ragazzi—che si sbracciavano vistosamente sulle gradinate di pietra disposte su entrambi i lati lunghi del terreno di gioco. Uno dei diciotto giocatori in campo, in maglia verde con una larga banda orizzontale bianca in corrispondenza del petto, arcuò la schiena all'indietro, protese il braccio destro dietro la testa ed effettuò un lungo lancio per un compagno nella metà campo avversaria. Quest'ultimo arpionò la sfera con entrambe le mani e, tenendola stretta al petto, si catapultò verso la linea di meta eludendo i disperati tentativi di placcaggio da parte di un paio di avversari, in maglia rossa bordata di blu. Lo scatto in piedi di una metà degli spettatori e gli abbracci di gioia dei ragazzi in maglia biancoverde confermò l'esito positivo della giocata.

«Ancilla, cos'è avvenuto nei mesi successivi alla battaglia di Parentium?» chiese Valerius, continuando a osservare il campo di *harpastum*. Il punteggio sul grande

---

[72] Antico gioco con la palla, per certi aspetti simile al moderno rugby.

62

tabellone luminoso alle spalle di una delle gradinate venne aggiornato con il punto messo a segno dalla squadra biancoverde.

«Dopo Parentium l'avanzata dell'esercito romano nella Julia Septentrionalis proseguì senza battaglie campali degne di nota fino al maggio del 724[73], quando la *Legio XIV* si scontrò con circa un migliaio di Nativi Juliani a Lokaachegai[74]. Già verso la fine del 714[75], soltanto quindici mesi dopo il primo sbarco, la *Legio XII* controllava un territorio di oltre venticinquemila miglia quadrate, tra la costa orientale e la catena dei monti Apalchen[76]. A gennaio dell'anno successivo Julianus inviò in patria una piccola flotta di otto navi, al comando del tribuno Paulus Æmilius Maximus, per informare Gaius Julius Cæsar del successo della spedizione. Dopo circa due mesi di navigazione, che portarono tra l'altro alla scoperta e alla conquista delle Insulæ Buteones[77], la flotta raggiunse la costa occidentale dell'Hispania. La notizia della scoperta del nuovo continente e dell'espansione romana oltreoceano venne accolta nell'Urbe con euforia mista a incredulità. Cæsar, forse spinto dal timore per il crescente potere economico e militare di Julianus e la sua sempre maggiore popolarità, si affrettò a radunare una flotta di

---

[73] Il 30 avanti Cristo.

[74] Antico nome di Lukachukai, nella contea Apache, in Arizona.

[75] Il 40 avanti Cristo.

[76] Antico nome degli Appalachi.

[77] Si tratta delle Azzorre. Probabilmente sconosciute ai Romani, le isole Azzorre devono il proprio nome, secondo la maggior parte degli studiosi, all'astore (*açor* in portoghese), un uccello rapace. È probabile, tuttavia, che il volatile erroneamente identificato dai primi navigatori portoghesi come astore fosse in realtà una sottospecie locale di poiana, il cui nome latino è *buteo buteo*. Da qui il toponimo Insulæ Buteones, da me inventato.

63

circa duecento navi e, nell'estate del 715[78], partì alla volta della Julia Septentrionalis a capo di due legioni, la XIII e la XIV.»

Le prime gocce di pioggia iniziarono a tamburellare sulla grande vetrata dell'*atrium*. Nubi plumbee in avvicinamento dal mare annunciavano un imminente peggioramento delle condizioni atmosferiche.

«A quando risalgono le ultime notizie certe su Julianus?» chiese Valerius.

«Sappiamo che il terzo giorno prima delle idi di giugno del 716[79] Julianus incontrò un messaggero di Cæsar nella nuova città di Colonia Crepsænsis. Da allora, del *legatus* non si hanno più notizie. Gli oppositori di Cæsar, all'epoca, sparsero la voce che Julianus fosse stato assassinato dal *dictator*, che avrebbe visto in lui un pericoloso rivale per il potere.»

«Ne dubito», ribatté Valerius poco convinto. «Julianus era un soldato, non un politico bramoso di potere. Un soldato leale, tra l'altro. Sempre al fianco di Cæsar... nella campagna di Gallia, nella guerra civile contro Pompeius Magnus, nella spedizione contro i Parti. Anche l'invio di Paulus Æmilius Maximus a Roma per informare Cæsar delle conquiste oltremare dimostra fedeltà al *dictator*. Al quale, non dimentichiamolo, Julianus aveva salvato la vita il giorno delle idi di marzo del 710[80].» Valerius tacque per qualche istante, poi aggiunse, con una punta di stizza nella voce: «Un *legatus pro prætore* non scompare all'improvviso senza lasciare tracce.»

«Il corpo non è mai stato trovato», dichiarò Ancilla in tono neutro.

---

[78] Il 39 avanti Cristo.
[79] L'11 giugno del 38 avanti Cristo.
[80] Il 15 marzo del 44 avanti Cristo.

64

Valerius fissò per qualche secondo le gocce di pioggia che scivolavano lente lungo i vetri seguendo traiettorie ondeggianti. Quindi si voltò e afferrò il *folux*, leggendo ancora una volta le parole scritte sul retro: TROVA IL FIGLIO DELLE ABSIRTIDI E TROVERAI TE STESSO.

Sapeva esattamente cosa doveva fare. Forse l'aveva *sempre* saputo.

«Andrò a Colonia Crepsænsis nel 716», sentenziò in tono risoluto, stringendo il *folux* nella mano destra. «Incontrerò Julianus.»

13

Nova Roma, a. d. IX Kal. Jun., 2803 a.U.c.
(Nova Roma, 24 maggio 2050)
LINEA TEMPORALE ALTERNATIVA

«Fabricius, ruota per favore l'ultimo cubo nella posizione corretta», ordinò Valerius a uno dei suoi collaboratori.

Magro e snello, con capelli color biondo cenere arruffati in ciocche disordinate che sembravano non voler sottostare alla forza di gravità, Fabricius fece quanto richiesto e ruotò con precisione il piccolo cubo di metallo di novanta gradi.

Un'intensa luce bianca segnalò l'attivazione del cronoportale che, dal centro della grande stanza rettangolare, catalizzava l'attenzione dei cinque ricercatori presenti.

«Sei sicuro di volerlo fare?» chiese apprensiva Flavia, una moretta minuta e graziosa che da qualche settimana era diventata per Valerius qualcosa di più di una semplice collega di lavoro.

«Tutti gli esperimenti sino ad oggi condotti su oggetti e animali hanno avuto pieno successo. È ora di testare il funzionamento del cronoportale su un essere umano. Sono più di due mesi che ci prepariamo per questo momento, non ha senso rimandare ancora», ribatté deciso Valerius, rivolgendo a Flavia un sorriso affettuoso nel quale la ragazza, tuttavia, riconobbe una lieve inquietudine.

«Controlliamo la sincronizzazione degli orologi», disse Darius in tono serio. Brillante scienziato di origine persiana, Darius aveva vispi occhi neri, folti capelli crespi e gote perennemente rubiconde che, a dar retta alle malignità dei colleghi, erano da attribuirsi al suo amore per i vini pregiati, in particolare il campano *Cumanum* e il siciliano *Mamertinum*.

«Ore dieci, ventisette minuti e cinquantaquattro secondi», lesse Valerius sullo schermo del bracciale nero che portava al polso sinistro.

«Confermo sincronia», ribatté Darius in tono asciutto. «Due minuti esatti all'ora stabilita.»

«I parametri vitali sono regolari», sentenziò Rufus osservando su uno schermo di cristallo i valori rilevati dai sensori integrati nella tunica bianca indossata da Valerius. Di statura ridotta e girovita abbondante, il ventiquattrenne Rufus aveva una folta chioma color carota che creava bizzarri abbinamenti cromatici con le tuniche dai colori tanto accesi quanto improbabili che il giovane era solito indossare. Quel giorno ne portava una a bande diagonali blu elettrico e giallo canarino. «Temperatura corporea nella norma. Frequenza respiratoria e battito cardiaco leggermente accelerati», aggiunse.

«Andrà tutto bene», sussurrò Flavia, sfiorando le labbra di Valerius con un bacio delicato e stringendogli forte le mani. Il giovane annuì con un lieve gesto del capo.

«Venti secondi», annunciò Darius. «Al mio segnale, attraversa il cronoportale.»

Valerius si avvicinò al grande anello metallico, fermandosi di fronte alla membrana acquosa circolare che ondulava al suo interno. Il ronzio sommesso che accompagnava i movimenti della membrana non gli era mai parso così minaccioso. Inspirò ed espirò a fondo, stringendo con forza i pugni e serrando gli occhi in cerca della concentrazione e del coraggio necessari a compiere

67

l'ultimo, decisivo passo.

«Ora!» gridò Darius.

Flavia intrecciò le dita in un tacito gesto di preghiera nel preciso istante in cui Valerius spiccò un balzo e scomparve, inghiottito dal cronoportale.

***

Non appena i piedi di Valerius toccarono il pavimento di cemento sull'altro lato del portale, il silenzio teso che gravava sul laboratorio venne istantaneamente interrotto da grida di giubilo, fischi e sonori battiti di mani. Flavia gli si gettò incontro e, saltandogli in braccio, gli stampò sulle labbra un lungo bacio con cui scaricò tutta la tensione accumulata nei precedenti, interminabili sessanta minuti.

«Ha funcionado?» farfugliò Valerius, le labbra di Flavia premute contro le sue, le braccia della ragazza strette intorno al collo.

«Ha funzionato eccome!» esclamò Fabricius, i cui capelli sembravano essere stati sottoposti a una scarica disordinata di petardi. «Sei scomparso esattamente per un'ora.»

«Il mio bracciale indica le ore dieci, trenta minuti e quarantasette secondi.»

«Sono invece le *undici* e trenta, anzi, quasi trentuno», puntualizzò Darius. «Benvenuto nel futuro, seppur soltanto di un'ora.»

«È stata l'ora più lunga della mia vita», confessò Flavia, staccando finalmente le labbra da quelle di Valerius, e guardandolo intensamente negli occhi. «Quando hai attraversato il cronoportale, un'ora fa, sei scomparso nel nulla.» I grandi occhi azzurri della ragazza erano leggermente lucidi per l'emozione e il sollievo.

68

«I parametri vitali sono perfetti», annunciò Rufus, analizzando i valori misurati dai sensori nella tunica di Valerius. «Anche respiro e battito cardiaco risultano più regolari rispetto a prima del salto temporale.»

«Confesso di aver provato un po' d'ansia», ammise Valerius.

«Fifa blu. Si chiama fifa blu, non ansia», lo stuzzicò Fabricius, rispondendo con un sorriso innocente allo sguardo torvo che l'amico gli rivolse.

«Avverti qualche sensazione particolare?» chiese Darius in tono serio. «Nausea? Vertigini? Debolezza?»

«Mai stato meglio.»

«Ti terremo comunque sotto osservazione per ventiquattro ore. Non toglierti la tunica, i sensori monitoreranno i tuoi parametri vitali e segnaleranno qualsiasi anomalia.»

«D'accordo», acconsentì Valerius. «Nei prossimi giorni faremo ulteriori esperimenti. Salti maggiori, non soltanto di un'ora. E nel passato, andata e ritorno.»

«Hai in mente una destinazione in particolare?» gli chiese perplesso Fabricius, aggrottando la fronte.

«Il terzo giorno prima delle idi di giugno del 716[81]», ribatté deciso Valerius.

«Ventuno secoli fa!» esclamò incredulo Darius. «Ti ha dato di volta il cervello?»

---

[81] L'11 giugno del 38 avanti Cristo.

69

14

Roma, pridie Non. Jun., 2803 a.U.c.
(Roma, 4 giugno 2050)
LINEA TEMPORALE ALTERNATIVA

Il trillo acuto di un'olochiamata squarciò il silenzio della notte, facendo sobbalzare Plinius mentre rileggeva svogliatamente, leggermente assonnato, una proposta di legge da discutere in Senato il mattino successivo. Il senatore sollevò il braccio sinistro, avvicinando agli occhi il bracciale di colore rosso pompeiano che portava al polso. Le sue labbra si arcuarono in un largo sorriso quando lesse sul bracciale il nome di Valerius, accanto a un'immagine tridimensionale del volto dell'amico.

Si aggiustò i capelli, assicurandosi che il riporto nascondesse quanto più possibile l'incalzante calvizie, si lisciò la raffinata tunica di raso rosso, quindi, con due tocchi rapidi al bracciale, rispose alla chiamata. L'immagine olografica di Valerius si materializzò di fronte a lui, al centro dell'elegante studio nella sua villa sulla sponda sinistra del fiume Tiberis[82], ai piedi del Mons Aventinus.

«*Salve, Plini!*» esordì Valerius. «Perdonami per l'ora tarda.»

«Sono soltanto le 23:48», minimizzò Plinius ridacchiando. «A quest'ora gli scapoli incorreggibili come me si preparano per uscire. *Nocte latent mendæ, vitioque*

---

[82] Oggi Tevere.

ignoscitur omni[83].»

Valerius rispose con un sorriso divertito alla battuta dell'amico. Poi, dopo qualche secondo di silenzio, decise di venire subito al dunque. «Tutti gli esperimenti da noi condotti hanno dato esito positivo. Siamo pronti al grande salto.»

«Congratulazioni, amico mio!» esclamò Plinius in tono gioioso, accompagnando le parole con un sonoro applauso. «Del resto, conoscendoti, non avevo dubbi sul pieno successo delle tue ricerche. Sei sempre stato un brillante scienziato.»

«Ti rammento che faccio parte di una squadra», ribatté Valerius, leggermente imbarazzato. «I meriti del successo sono da condividere con i miei compagni.»

«Sì... sì... sì... Lo so, me l'hai già detto[84]», tagliò corto il senatore, ridacchiando. Plinius tacque per qualche istante, poi chiese in tono serio, guardando Valerius dritto negli occhi: «Quando partirai?»

«Tra una settimana esatta.»

«Qual è la destinazione?»

«Colonia Crepsænsis, il terzo giorno prima delle idi di giugno del 716[85].»

«In base a cosa hai scelto luogo e data?»

«Le ultime informazioni su Julianus di cui disponiamo. Le fonti ne confermano la presenza quel giorno a Colonia Crepsænsis. Da allora di lui non si è più saputo nulla. Sembra essersi volatilizzato.»

«Capisco», ribatté Plinius laconicamente. Il senatore afferrò una bottiglia alta e sottile e versò del liquore agli

---

[83] *Di notte non si vedono i difetti e si perdona ogni manchevolezza* (Ovidio, *Ars Amatoria*).
[84] Si veda il Capitolo 37 di CHANGING HISTORY.
[85] L'11 giugno del 38 avanti Cristo.

71

agrumi in un'elegante coppa di cristallo della terra dei Boii[86]. Bevve un lungo sorso, quindi si passò compiaciuto la lingua sulle labbra. «Cosa accadde quel giorno?» chiese poi.

«Julianus ha incontrato un messaggero di Cæsar.»

«Siamo a conoscenza dei motivi e dei contenuti di quest'incontro?»

«No. Anche il nome del messaggero risulta ignoto.»

Plinius annuì, accarezzandosi pensieroso il mento.

«Tra l'altro, Cæsar all'epoca negò di aver inviato un suo uomo a Colonia Crepsænsis...» aggiunse Valerius con un sorrisetto.

Plinius inarcò le sopracciglia, osservando attentamente l'amico e ricambiandone il sorriso. «Credo di sapere cosa ti stia frullando in testa.»

«Perché no?» replicò Valerius con fare innocente, alzando leggermente le spalle.

«E se arrivasse il vero messaggero mentre tu sei con Julianus?» chiese Plinius in tono improvvisamente serio.

«E se invece Cæsar avesse detto la verità e non avesse inviato nessuno da Julianus? Se il misterioso messaggero che la Storia ci tramanda fossi *io*? Se quanto mi propongo di fare tra una settimana fosse in realtà *già* accaduto, più di duemila anni fa?»

Plinius rimase in silenzio, perplesso, sorseggiando il liquore. «Se vuoi spacciarti per messaggero di Cæsar», aggiunse dopo un po', «avrai bisogno di informazioni e vestiti adatti... Dove si trovava Cæsar il terzo giorno prima delle idi di giugno del 716?»

«Circa duecento miglia a sud di Colonia Crepsænsis. Con la *Legio XIII*.»

---

[86] Si tratta della Boemia, il cui nome si deve all'antica popolazione gallica dei *Boii*.

«Bene. Informati sugli scontri avvenuti in quei giorni tra i Nativi e la tredicesima, e su qualsiasi altro evento degno di nota riguardante Cæsar e la *Legio XIII*. Devi risultare credibile.»

«Lo sarò», ribatté deciso Valerius.

«Ti sei già procurato l'abbigliamento adatto?»

«Non ancora.»

«Ti farò avere io armi e vestiti idonei a un legionario dell'ottavo secolo. Avrai anche bisogno di un cavallo.»

«Un cavallo?»

«Hai forse intenzione di presentarti alle porte della città a piedi?» chiese Plinius con un sorriso ironico. «Non mi sembra molto credibile per un messaggero che sostenga di aver appena percorso duecento miglia...»

Valerius serrò le labbra e annuì.

«Non preoccuparti, amico mio. Lascia fare a me. Ti farò avere tutto entro uno, due giorni al massimo», promise il senatore, versandosi un altro bicchiere di liquore agli agrumi. «Cavallo incluso.»

«*Tibi gratias ago*[87]», disse Valerius.

«Cosa chiederai a Julianus?»

«Non ho ancora preparato un discorso vero e proprio, ma ci sto lavorando. Devo trovare il modo di farlo parlare. Devo scoprire se è lui il Figlio delle Absirtidi cui si riferisce l'Oracolo. Devo capire se ha veramente visto il futuro—CIÒ, CHE UN DÌ ESSER POTRÀ—, che cosa esattamente ha visto, e come ciò sia avvenuto.»

«Prova a chiedergli se sa qualcosa della *pyroballista* di Porta Collina», suggerì Plinius.

«Ti riferisci alla misteriosa arma rinvenuta alle pendici del Mons Pincius circa tre secoli fa?»

«Precisamente. Come forse ricorderai, si tratta di

---

[87] *Ti ringrazio.*

73

un'arma metallica dalla forma a "L", di piccole dimensioni—poco più di due *palmi*[88] di lunghezza—, che sfrutta l'energia cinetica dei gas in espansione per scagliare proiettili a notevole distanza, anche più di un miglio secondo le analisi balistiche effettuate. Un'arma piuttosto primitiva rispetto alle *ballistæ*[89] ioniche in uso al giorno d'oggi, ma estremamente evoluta se paragonata agli armamenti di cui disponevano i nostri antenati una ventina di secoli fa. Eppure tutti gli esami condotti sul reperto concordano nel datarlo tra il settimo e l'ottavo secolo *ab Urbe condita.*»

«Compatibile con il periodo in cui è vissuto Julianus», commentò Valerius.

«Esatto. Sino ad oggi, però, nessuno è stato in grado di fornire una prova definitiva e convincente sulla sua origine.»

«Sembrerebbe un oggetto proveniente dal futuro...»

«Alla luce della tua—*vostra*—recente scoperta, è un'ipotesi da non escludere a priori», ribatté Plinius. «Ti farò avere un papiro con un disegno della *pyroballista*, in modo che tu possa mostrarlo a Julianus.»

«Perfetto!»

«Buona giornata, amico mio!»

«Buonanotte, Plinius. E grazie», si congedò Valerius, terminando l'olochiamata.

Plinius restò seduto in poltrona per un paio di minuti, riflettendo. Poi si alzò e si avvicinò alla finestra dello studio. Oltre l'alta cancellata di ferro battuto che delimitava il grande giardino della villa, vide un battello illuminato risalire lentamente il Tiberis, uno dei tanti che attraversavano l'Urbe offrendo collegamenti fluviali

---

[88] Un *palmus* corrisponde a 7,41 centimetri.
[89] *Pistole.*

74

regolari tra Ostia e Fidenæ. Per un attimo il senatore ebbe la strana sensazione che la sua vita fosse esattamente come quel battello. Destinata a seguire un percorso preciso, già tracciato da altri. Un percorso *predestinato*, il cui futuro era ineluttabilmente deciso. Scosse la testa per scacciare quel pensiero bizzarro e sgradevole. Afferrò la bottiglia alta e sottile e decise di versarsi un altro bicchiere di liquore. Il bicchiere della staffa.

15

Nova Roma, a. d. IV Eid. Jun., 2803 a.U.c.
(Nova Roma, 10 giugno 2050)
LINEA TEMPORALE ALTERNATIVA

Valerius, Flavia e Fabricius si fecero faticosamente largo tra la folla multietnica di passeggeri che gremivano il monumentale atrio dell'immenso Scalo Magnetoviario di Nova Roma. Nativi Juliani, Mediterranei, Nordeuropei, Africani Sub-Sahariani, Indiani, Sinoani sfrecciavano in tutte le direzioni, ansiosi di riabbracciare i propri cari o di raggiungere le capsule di navigazione che li avrebbero condotti alla loro meta.

L'attenzione di Flavia venne rapita dalla sfarzosa volta policroma del soffitto, nella cui fascia centrale era affrescato un cielo nero punteggiato di centinaia di stelle splendenti come diamanti grezzi. Esattamente al centro della volta erano raffigurati un'enorme aquila dorata e due pianeti, la Terra e Marte, protetti tra le ali del gigantesco rapace come se fossero uova. Gli artigli dell'aquila stringevano una targa rettangolare di colore rosso pompeiano su cui era incisa la scritta *Per aspera ad astra*[90].

«Banchina numero sette», esclamò Fabricius, indicando un grande schermo a cristalli liquidi collegato alla parete meridionale dell'edificio.

«Da questa parte», disse Valerius, affrettando il passo verso la banchina numero sette e afferrando delicatamente

---

[90] *Attraverso le asperità* [si giunge] *alle stelle.*

76

il braccio di Flavia, che teneva gli occhi ancora incollati sull'enorme aquila sopra di loro. «La nostra capsula parte tra ventuno minuti esatti.»

Al varco d'ingresso della banchina numero sette, i tre giovani dovettero sottoporsi ai consueti controlli di sicurezza, di recente resi molto più rigidi per via della crescente tensione tra *Fœderatio* e Impero Sinoano.

Due massicci legionari—uno biondissimo, con occhi azzurri e carnagione bianco latte punteggiata da centinaia di efelidi, l'altro di evidente origine asiatica, con occhi scuri allungati, capelli neri lisci come spaghetti, e zigomi alti—provvedevano meticolosamente all'identificazione dei passeggeri mediante scansione dell'iride, e ne esaminavano con scrupolo abiti e bagagli. I due militari indossavano lunghe tuniche di colore rosso porpora, impenetrabili corpetti protettivi in ceramica di carburo di boro, schiuma metallica composita e pannelli in alluminio, elmi semitrasparenti dello stesso materiale con paragnatidi mobili che ricordavano gli elmi di ferro dei legionari antichi, e minacciose pistole ioniche strette in vita da sgargianti cinturoni elastici color giallo oro.

Passati i controlli, Fabricius fu il primo a individuare la loro capsula, la numero cinque, e a salirvi a bordo, seguito da Flavia e Valerius.

«Scomparto numero tre», esclamò con entusiasmo. Era il suo secondo viaggio in magnetovia—il primo era stato in compagnia dei genitori all'età di dodici anni—e Fabricius non faceva nulla per nascondere la propria eccitazione.

«Manca ancora una decina di minuti alla partenza», disse Valerius accomodandosi su uno dei lussuosi sedili reclinabili in soffice pelle bianca. «Se avete bisogno del bagno, meglio che ci andiate ora. L'uso dei servizi igienici non è consentito quando la capsula è in movimento.»

«Saggia idea», dichiarò Flavia con un sorriso, avviandosi trotterellando verso la parte anteriore del veicolo.

Nel sistema magnetoviario le capsule—ciascuna in grado di trasportare una trentina di passeggeri—venivano scagliate all'interno di tubi trasparenti a bassa pressione e, sfruttando la levitazione magnetica, erano in grado di raggiungere velocità a regime superiori alle 800 miglia orarie[91].

Flavia, tornata dal bagno, si sedette accanto a Valerius e gli scoccò un delicato bacio sulle labbra, sussurrandogli dolcemente in un orecchio: «Buon viaggio, amore».

Fabricius distolse lo sguardo con un po' d'imbarazzo e guardò l'ora sul bracciale dorato che portava al polso sinistro. In poco più di un'ora avrebbero raggiunto Colonia Crepsænsis, compresa una breve sosta di sei minuti a Tergeste Magnum, a circa metà del percorso.

Un lieve fruscio annunciò il movimento della capsula, che in pochi secondi raggiunse la velocità massima, puntando decisa verso sud.

Fabricius osservava rapito edifici e alberi sfrecciare veloci davanti ai suoi occhi, sul suo volto l'espressione estatica di un bimbo che vede realizzato un sogno serbato a lungo nel cuore.

---

[91] Circa 1200 km/h.

78

16

Colonia Crepsænsis, a. d. III Eid. Jun., 2803 a.U.c.
(Colonia Crepsænsis, 11 giugno 2050)
LINEA TEMPORALE ALTERNATIVA

«क्या आप समझ रहे हैं कि मैं क्या कह रहा हूँ?[92]» chiese Darius.

«हां, हर एक शब्द[93]», confermò Valerius con un sorriso.

Fabricius, Flavia e Rufus si guardarono tra loro perplessi, non avendo capito una sola parola dello scambio di battute tra i due amici.

«Il latino dell'ottavo secolo[94] è molto diverso dalla lingua che parliamo oggi. L'*omneslinguæ*[95] ti consentirà di comunicare senza problemi in latino arcaico», continuò Darius, togliendosi i congegni elettronici che portava nelle orecchie e sul collo e porgendoli a Fabricius, che li ripose con delicatezza in un piccolo zaino.

Valerius si lisciò i capelli in modo da coprire le orecchie e nascondere così i minuscoli auricolari capaci di tradurre i fonemi di qualsiasi lingua in impulsi elettrici neurali comprensibili dal cervello. Un altro piccolo congegno elettronico, posto alla base del collo e coperto da un *torques*[96] di bronzo di imitazione celtica, agiva direttamente sulle corde vocali, traducendo nella lingua

---

[92] *Capisci quello che sto dicendo?*
[93] *Sì, ogni singola parola.*
[94] *Ab Urbe condita.*
[95] Traduttore universale (letteralmente, *tutte le lingue*).
[96] Collare o girocollo.

79

desiderata gli impulsi neurali inviati dal cervello.

Valerius era vestito come un legionario dell'ottavo secolo. Indossava una pesante *lorica hamata*[97] sopra una tunica a maniche corte di lino rosso che gli arrivava poco sopra le ginocchia nude. Ai piedi calzava robuste ma comode *caligæ* con suole chiodate, senza calze. Un *balteus*[98] in cuoio con borchie d'argento gli stringeva la vita e sosteneva il *gladius*, sul fianco destro, e il *pugio*[99], appeso orizzontalmente in corrispondenza dell'addome.

Plinius aveva pensato a tutto, e in un tempo straordinariamente breve. Meno di quarantotto ore dopo la loro *olochiamata* della settimana precedente, un corriere espresso aveva consegnato tutto il necessario: vestiti, armi, uno splendido cavallo grigio della Maremma Laziale, un documento che indentificava Valerius come l'ambasciatore Quintus Esquilinus Metellus, nonché un disegno su papiro della misteriosa *pyroballista*.

Darius e Rufus erano giunti a Colonia Crepsænsis due giorni prima, portando con sé tutta l'attrezzatura necessaria, compresi cavallo e cronoportale. Avevano affittato per quattro giorni un modesto e isolato capanno industriale situato nella periferia orientale della città.

«Una volta varcato il cronoportale», disse Darius, «ti troverai in aperta campagna. Nel 716 Colonia Crepsænsis era molto meno estesa di quanto non lo sia oggi. Prosegui verso occidente per circa un miglio e troverai uno dei quattro ingressi principali della città, Porta Oceanica. Segui poi il *decumanus maximus*[100] fino al *forum*. In base

---

[97] Cotta di maglia di derivazione celtica.
[98] Cintura militare.
[99] Pugnale.
[100] Il *decumanus maximus* era il principale asse stradale in direzione est-ovest nelle maggior parte delle città romane. Incrociava ad angolo

80

alle informazioni che siamo riusciti a raccogliere, sembra che l'incontro tra Julianus e il messaggero di Cæsar sia avvenuto in questo edificio qui, nella parte meridionale del *forum*», continuò Darius, indicando un piccolo rettangolo nero su un'antica mappa di Colonia Crepsænsis.

«C'è una strada per raggiungere Porta Oceanica?» chiese Valerius, chinandosi sulla mappa, distesa su un malandato tavolo di metallo.

«Secondo questa mappa, nel 716 esisteva già un collegamento tra la costa e la città. Probabilmente una strada non lastricata.»

L'indice destro di Darius si spostò lentamente da destra a sinistra sulla mappa, seguendo con il polpastrello una linea ondulata che indicava il tracciato dell'antica via.

«Il cronoportale si aprirà esattamente qui», proseguì Darius, picchiettando con l'unghia dell'indice destro su un punto preciso della mappa, marcato con una piccola x rossa. «Dietro questa collina, a circa trecento *pedes*[101] dalla strada. Con un po' di fortuna, nessuno ti vedrà apparire dal nulla. Raggiungi la strada, e seguila fino a Porta Oceanica. Continua lungo il *decumanus maximus* fino al *forum*, incontra Julianus, e torna indietro il prima possibile.» Darius fece una breve pausa, poi aggiunse, in tono grave e guardando l'amico dritto negli occhi: «Non correre rischi inutili, intesi?»

Valerius annuì con un rapido cenno del capo e si infilò in testa un luccicante elmo di tipo gallico, con rinforzo frontale, esteso paranuca e paragnatidi mobili.

Si guardò intorno, cercando gli sguardi degli amici.

---

retto il *cardo maximus*, il principale asse in direzione nord-sud, e in corrispondenza dell'incrocio tra i due si trovava quasi sempre il *forum*, la piazza principale della città.

[101] Un *pes*, o piede, corrisponde a 29,64 centimetri.

Leggeva la tensione nei loro occhi, soprattutto in quelli, visibilmente lucidi, di Flavia. Fabricius era seduto dietro una mezza dozzina di schermi di cristallo, ciocche di capelli arruffati sparate ortogonalmente alla cute. Darius era in piedi alla sua destra, immobile, le guance meno rubiconde del solito, come se il flusso sanguigno si fosse temporaneamente interrotto per assistere all'evento che stava per compiersi. Rufus era ritto accanto al cronoportale, il braccio destro intorno alle spalle di Flavia in un gesto fraterno di conforto.

Nella penombra del vecchio capanno, il cronoportale irradiava un intenso bagliore, un richiamo al tempo stesso ammaliante e spaventoso.

Valerius afferrò il cavallo per le redini con la mano sinistra e si avviò lentamente verso l'intensa luce circolare. Sentì il battito del proprio cuore accelerare, un brivido freddo accapponargli la pelle, la salivazione azzerarsi. Un turbine di pensieri gli affollò la mente.

...IL FIGLIO DELLE ABSIRTIDI...

...CHI HA VISTO CIÒ, CHE UN DÌ ESSER POTRÀ...

...TROVERAI TE STESSO...

Si portò la mano destra alle labbra e scoccò un bacio leggero in direzione di Flavia, guardandola intensamente negli occhi e rivolgendole un sorriso.

Quindi, tirando il cavallo dietro di sé, attraversò il cronoportale e scomparve.

17

Colonia Crepsœnsis, a. d. III Eid. Jun., 716 a.U.c.
(Colonia Crepsœnsis, 11 giugno 38 avanti Cristo)
LINEA TEMPORALE ALTERNATIVA

Il sole splendeva alto nel cielo terso. Una leggera brezza di levante portava con sé un lieve sentore di salmastro senza però riuscire a rinfrescare l'aria, umida e afosa. Non si udiva alcun rumore, fatta eccezione per il distante garrito di un gabbiano e il fruscio del vento tra i bassi arbusti che punteggiavano la collina.

Valerius si guardò intorno con circospezione, per sincerarsi che non ci fosse nessuno nei paraggi. Aspettò che il cronoportale svanisse—sarebbe stato riattivato di lì a quattro ore, come stabilito—, poi risalì guardingo il fianco della collina fino a raggiungerne la sommità, le redini del cavallo salde nella mano destra. Vide a pochi *pedes* di distanza la strada che Darius gli aveva indicato sull'antica mappa, uno stretto *actus*[102] con *pavimentum*[103] in lastre di pietra calcarea. Raggiunse la strada, montò a

---

[102] A differenza delle *viæ*, dove due carri potevano incrociarsi e superarsi, gli *actus* erano più stretti e consentivano il transito di un solo carro alla volta.

[103] Le strade romane erano generalmente costruite in 4 strati: uno più profondo di sassi e argilla (*statumen*), un secondo strato di pietre, resti di mattoni, sabbia e calce (*rudus*), un terzo strato di pietrisco e ghiaia (*nucleus*), e una copertura di lastre levigate, spesso di pietra basaltica (*pavimentum* o *summum dorsum*). Da questa struttura a strati (*strata*) derivano i termini *strada* (italiano), *street* (inglese), *Straße* (tedesco), ecc.

cavallo e si avviò al galoppo in direzione della porta orientale di Colonia Crepsænsis.

***

«Quod tibi est nomen?[104]» chiese uno dei legionari di guardia all'ingresso della città.

«Quintus Esquilinus Metellus», mentì Valerius, porgendo al soldato il documento che Plinius gli aveva fornito.

«Quo vadis?[105]»

«Legato Publio Liburnio Juliano nuntium Cæsaris affero[106]», dichiarò Valerius, sostenendo lo sguardo inquisitorio del legionario nonostante il battito cardiaco gli fosse cresciuto esponenzialmente negli ultimi secondi.

Il soldato esaminò scrupolosamente il documento, rivolgendo di tanto in tanto occhiate minacciose al presunto messaggero di Cesare. Dopo un paio di minuti che a Valerius parvero settimane, il legionario si ritenne soddisfatto e, restituendogli il documento, indicò al falso Quintus Esquilinus Metellus la strada da seguire per raggiungere l'edificio in cui si trovava il *legatus*.

Valerius superò Porta Oceanica con un sospiro di sollievo, e si avviò a piccolo trotto lungo il *decumanus maximus* in direzione del *forum*.

Ancora pochi minuti e avrebbe incontrato il Figlio delle Absirtidi.

---

[104] *Qual è il tuo nome?*
[105] *Dove vai?*
[106] *Porto un messaggio di Cesare per il legato Publius Liburnius Julianus.*

84

***

Colonia Crepsænsis aveva la tipica forma quadrangolare comune a tante città romane, con una porta d'ingresso su ciascuno dei quattro lati. L'originario accampamento militare della *Legio XII*, il *castrum*, si era progressivamente trasformato in un piccolo centro urbano. Il quartier generale militare, i cosiddetti *principia*, era diventato il *forum*, le tende dei legionari avevano lasciato il posto a bassi edifici in pietra, mattoni e legno di uno o due piani, la palizzata perimetrale era stata sostituita da massicci bastioni di pietra. Nei mesi precedenti era stato completato il sistema fognario per la raccolta e lo smaltimento delle acque reflue, mentre un acquedotto con condotte in calcestruzzo rivestito di mattoni alimentava una dozzina di fontane pubbliche e abbeveratoi, nonché il piccolo complesso termale edificato in prossimità del *forum*. Nel 716 la cittadina contava poco più di un migliaio di abitanti, tra militari—più della metà del totale—, Nativi Juliani e svariate decine di coloni romani giunti l'anno precedente al seguito delle due legioni comandate da Gaius Julius Cæsar.

Valerius, a cavallo, osservava con curiosità le *tabernæ* che si affacciavano su entrambi i lati della strada: *tabernæ piscariæ*—le botteghe dei pescivendoli—, attrezzate con spaziosi tavoli di pietra e ampie vasche; *tabernæ frumentariæ*, con grandi sacchi di frumento, farro, segale, miglio, ceci; *tabernæ lanarii, lintearii*[107] *et vestiarii*, colme di stoffe, tuniche, toghe, clamidi; *tabernæ herbariæ*, provviste di ogni sorta di decotti, tisane, infusi, impacchi; *tabernæ ferrariæ*, dove il ferro veniva fuso, forgiato,

---

[107] Da *linteus = di lino*.

85

battuto e cesellato per creare pentole, cucchiai, coltelli, padelle, secchi, serrature, maniglie. E ancora *tabernæ vinariæ*, *tabernæ medicæ*, *tabernæ sutrinæ*—le botteghe dei calzolai—e *tabernæ plumbariæ*, per la fabbricazione di lamiere, barre e tubi di piombo, prevalentemente per usi idraulici[108].

Raggiunto il *forum*—un'ampia piazza rettangolare contornata da un porticato di legno—, individuò a un'estremità la facciata esastila del tempio di Giove e, di fronte a questo, la sua meta, l'edificio in cui avrebbe incontrato il *legatus*.

Una folla di Nativi Juliani gremiva la piazza. Decine di animali occupavano recinti improvvisati: galline, tacchini, oche, anatre, colombi, maiali, pecore, capre, mucche, tori, alci impregnavano l'aria di un irrespirabile tanfo ferino, mentre grugniti, belati, muggiti, bramiti, starnazzi, pigolii producevano una caotica e assordante babele di rumori. Valerius si fece largo nella massa disordinata di uomini e animali, ansioso di poter concedere un po' di sollievo alle proprie orecchie e, soprattutto, alle proprie narici.

Lasciò il cavallo alla base della larga scalinata d'accesso, salì a passo svelto i gradini di pietra calcarea bianca che conducevano all'ingresso dell'edificio, e porse il proprio documento ai legionari di guardia all'entrata.

«*Legatus Julianus in triclinio est*[109]», lo informò una delle guardie, restituendogli il documento e chiedendogli di consegnargli *gladius* e *pugio*. Due massicci legionari—armati—affiancarono Valerius e lo scortarono verso la sala dei banchetti.

---

[108] In inglese *idraulico* si dice, non a caso, *plumber*.
[109] *Il legato Julianus è nella sala dei banchetti.*

86

***

Julianus era comodamente sdraiato su un divano di legno, il gomito sinistro poggiato su un morbido cuscino color rosso porpora, e piluccava distrattamente delle olive nere da un raffinato vassoio d'argento posto sul basso tavolo di pietra al centro della stanza. Le pareti, di colore verde chiaro, erano affrescate con semplici nature morte, in prevalenza frutta succosa, pesci e selvaggina. Il pavimento di arenaria gialla era decorato con motivi geometrici, il cui disegno indicava la precisa collocazione dei divani nella stanza.

«Quanto dista l'accampamento di Cæsar?» chiese il *legatus*, portandosi alle labbra un'elegante coppa di *mulsum*, un vino speziato al miele, e guardando l'ospite dritto negli occhi. Era certo di non aver mai incontrato quell'uomo prima d'ora, eppure c'era qualcosa in lui di noto, quasi familiare.

Valerius, coricato sul divano di fronte a Julianus, assaggiò un boccone di *iecur ficatum*[110], fegato di maiale tritato, condito con erbe selvatiche, glassato con il ficotto e cotto sulla brace con timo, alloro e salvia.

«Dieci giorni di marcia alla velocità dell'*iter justum*[111]», rispose Valerius.

Le corde di una cetra, pizzicate con esperienza da un giovane legionario, vibravano melodiose rallegrando il banchetto. Una Nativa Juliana poco più che adolescente,

---

[110] *Iecur ficatum*, letteralmente, significa *fegato con i fichi*. Con il tempo, il nome della pietanza venne abbreviato in *ficatum*, da cui deriva l'odierno termine *fegato*.
[111] Le velocità di marcia delle legioni che ci sono state tramandate sono sostanzialmente due: l'*iter justum*, di 30 chilometri al giorno, e l'*iter magnum*, di 36.

seduta sul pavimento a gambe incrociate, dettava il ritmo percuotendo con le dita lunghe e sottili due piccoli tamburi cilindrici.

«Manderò i rifornimenti che Cæsar chiede», assicurò Julianus, gustando un saporito riccio di mare bollito con *garum*[112], olio, vino dolce e pepe in polvere.

Valerius estrasse dalla sacca il papiro con il disegno della *pyroballista*. Erano trascorse più di due ore da quando aveva attraversato il cronoportale, non poteva indugiare ulteriormente. Srotolò il papiro e lo mostrò a Julianus.

«Hai mai visto quest'oggetto?» chiese, guardandolo dritto negli occhi.

Il momento della verità era giunto.

Julianus deglutì il boccone di riccio di mare e rimase immobile, come pietrificato. Per qualche istante mosse solo gli occhi, che si spostarono dal papiro a Valerius, poi di nuovo al papiro, per tornare definitivamente sull'ospite. Il *legatus* batté le mani tre volte in rapida successione, segnalando ai musicisti di interrompere l'esibizione e lasciare la stanza. Non appena furono soli, Julianus estrasse improvvisamente il *pugio* che teneva nascosto sotto la tunica e lo puntò alla gola di Valerius.

«*Quis es?*[113]» sibilò tra i denti. «*Veritatem volo.*[114]»

«*Mihi nomen est Valerius*[115]», balbettò Valerius, le mani istintivamente alzate in segno di resa, la punta del *pugio* a contatto con la pelle del collo. «*Ab futuris*

---

[112] Salsa fermentata rara e costosissima a base di pesce, usata dagli antichi Romani per insaporire molti piatti.
[113] *Chi sei?*
[114] *Voglio la verità.*
[115] *Il mio nome è Valerius.*

88

venio[116]».

Gli occhi del *legatus* sembrarono illuminarsi per un istante, attraversati da quello che a Valerius parve un lampo di speranza. Forse addirittura di felicità.

«*Ego futura vidi*[117]», mormorò Julianus, abbassando lentamente il *pugio*, senza però staccare gli occhi da Valerius.

«*In futurisne hanc rem vidisti?*[118]»

«*Minime. Anno septingentesimo decimo ab Urbe condita eam Romæ vidi.*[119]»

Valerius rivolse a Julianus uno sguardo interrogativo. Non era questa la risposta che si aspettava.

---

[116] *Vengo dal futuro.*
[117] *Io ho visto il futuro.*
[118] *Hai visto quest'oggetto nel futuro?*
[119] *Niente affatto. L'ho visto a Roma nell'anno 710 dalla fondazione dell'Urbe.*

18

Nova Roma, a. d. III Eid. Jun., 2803 a.U.c.
(Nova Roma, 11 giugno 2050)
LINEA TEMPORALE ALTERNATIVA

L'immagine olografica di Plinius si materializzò nell'angolo nordoccidentale del capanno, davanti a una catasta di vecchi e lunghi tubi arrugginiti addossati alla parete. Pesanti gocce di pioggia martellavano con una gragnola di colpi assordanti il tetto di lamiera già sferzato da sonore raffiche di vento.

Il senatore indossava una tunica candida con sottili righe verticali ondulate di colore arancio, stretta in vita da una raffinata cintura in pelle di daino. I calzoni, elasticizzati e dello stesso colore delle righe della tunica, erano infilati in un paio di eleganti stivaletti di cuoio.

Valerius, ancora vestito come un legionario dell'ottavo secolo, era in piedi di fronte all'immagine di Plinius, il cronoportale alle sue spalle, disattivato e buio. Fu lui a parlare per primo, rompendo il silenzio.

«Ho incontrato Julianus», dichiarò.

Plinius annuì con un lieve cenno del capo, ma non disse nulla.

«Ha visto il futuro», continuò Valerius. «CIÒ, CHE UN DÌ ESSER POTRÀ. Ha parlato di carri senza cavalli, aquile di acciaio, luci senza fuoco.»

«Quando?» si limitò a chiedere Plinius.

«Il varco si è aperto la notte tra il sesto e il quinto giorno

90

prima delle idi di marzo del 710[120].»

«Dove?»

«A Roma. Julianus ha attraversato un anello di metallo alle pendici del Mons Pincius.»

«Il *tuo* cronoportale?»

«Probabilmente. Forse una sua versione più moderna.»

«In quale anno futuro ha viaggiato?»

«Nel 2775[121]. Almeno questo è quanto gli ha detto la giovane donna che lo ha aiutato.[122]»

Plinius tacque per qualche istante, pensieroso. «Sa qualcosa della *pyroballista*?»

«Sì, l'ha vista. La stessa notte in cui si è aperto il varco. Ma non l'ha vista nel futuro. E neanche nelle vicinanze di Porta Collina.»

«Dove, allora?»

«Nel 710, alle pendici del Mons Capitolinus, non lontano dal Tullianum[123]. In mano a un uomo che ha cercato di assassinarlo.»

«Assassinarlo!» sbottò Plinius. «La morte prematura di Julianus stravolgerebbe il corso degli eventi! È stato lui a dare il via alla conquista della Julia! È stato lui a...» Il senatore si interruppe di colpo, senza terminare la frase. «Quando hai detto che si è aperto il varco?»

«La notte tra il sesto e il quinto giorno prima delle idi di marzo del 710.»

«*Pro supreme Iuppiter!*[124] Se non fosse stato per

---

[120] La notte tra il 10 e l'11 marzo del 44 avanti Cristo.

[121] Il 2022 dopo Cristo.

[122] Si veda il Capitolo 30 di CHANGING HISTORY.

[123] Il *Carcere Mamertino*, o *Tulliano*, è il più antico carcere di Roma. Vi furono rinchiusi, in epoche diverse, personaggi illustri come il re dei Sanniti Ponzio, il re di Numidia Giugurta, il capo dei Galli Vercingetorige, e, probabilmente, anche gli apostoli Pietro e Paolo.

[124] *Sommo Giove!*

91

Julianus, i congiurati sarebbero riusciti a uccidere Cæsar il giorno delle idi!»

Il senatore si mise istintivamente le mani nei capelli, già radi nonostante l'età ancor giovane.

«È probabile che chi ha cercato di assassinare Julianus venga dal futuro. Se così fosse, potrebbe provarci di nuovo», dichiarò Valerius in tono grave. Il suo volto si indurì, i muscoli tesi. «Andrò a Roma il quinto giorno prima delle idi di marzo del 710, poco prima del tentato omicidio. Scoprirò cos'è successo quella notte.»

«Dimmi come ti posso aiutare.»

«Il cronoportale consente esclusivamente spostamenti temporali, non spaziali», continuò Valerius. «Spero riusciremo, un giorno, a superare questo limite. Ma, ad oggi, non è possibile. Devo venire a Roma. E portare il cronoportale con me.»

«Consideralo già fatto, amico mio. Provvederò io a organizzare il trasporto.»

Parte Terza:
DESTINI PARALLELI

Le persone come noi, che credono nella fisica,
sanno che la distinzione tra passato, presente e futuro
è solo un'ostinata, persistente illusione

Albert Einstein

19

Roma, Ambasciata degli Stati Uniti
11 marzo 2022, ore 01:29
LINEA TEMPORALE ORIGINALE

«Santa Cleopatra! Quest'uomo conosce quando, dove, come e da chi Cesare verrà ucciso!» esclamò sgomento Lionhill, coprendosi il volto con le mani.[125]

Un vortice di emozioni contrastanti travolse il professore. Senso di colpa, innanzitutto. In fin dei conti, era stato lui a decifrare la sequenza di attivazione dell'anello e a dare il via a quell'incredibile catena di eventi che li aveva condotti sino a quel punto. Ma anche rabbia, frustrazione, amarezza. Li aveva avvertiti, li aveva messi in guardia sui possibili rischi di alterare il passato. Nessuno aveva voluto ascoltarlo. Nessuno. Neanche Lara...

«Un momento», disse Carlo, pensieroso. Gli occhi dei presenti si concentrarono istantaneamente su di lui, con un misto di speranza e scetticismo. «Come mai non siamo scomparsi tutti?»

Carlo cercò con gli occhi il sostegno di Lionhill e di don Renato. Tra tanti sguardi smarriti, colse un lampo di comprensione nei volti del professore e del sacerdote.

«Professore, un paio d'ore fa lei ci ha parlato di un film, *Ritorno al Futuro*.[126] Ci ha raccontato di una fotografia in cui il protagonista e i suoi fratelli scompaiono

---

[125] Si veda il Capitolo 35 di CHANGING HISTORY.
[126] Si veda il Capitolo 33 di CHANGING HISTORY.

95

progressivamente. Ci ha ammonito su come alterare il passato possa causare la cancellazione di intere esistenze future.»

Lionhill annuì con un lieve movimento del capo.

«Lei teme, professore, che Julianus, con le informazioni di cui è entrato in possesso...»—Carlo non poté fare a meno di rivolgere uno sguardo di rimprovero alla sorella, che abbassò gli occhi, mortificata—«...possa in qualche modo essere riuscito a impedire l'assassinio di Giulio Cesare, giusto?»

Lionhill annuì nuovamente, imitato da molti dei presenti.

«Allora», continuò Carlo, «se Cesare è veramente sopravvissuto e il passato è stato *già* cambiato, come mai noi tutti non siamo scomparsi, come Marty McFly e i suoi fratelli nella foto di *Ritorno al Futuro*? La morte di Cesare è un evento storico enorme. Senza di essa, difficilmente ci sarebbero stati tredici anni di guerre civili, molto probabilmente il primo imperatore di Roma non sarebbe stato Augusto, e l'ottavo mese dell'anno forse oggi si chiamerebbe ancora sestile invece di agosto[127].»

Indicò con il braccio destro la parete di fronte a lui, sulla quale era fissato un grande calendario annuale. Il nome *August*, scritto in caratteri bianchi su sfondo blu scuro,

---

[127] Dopo la morte di Cesare, nel 44 a.C., il mondo romano fu lacerato da oltre tredici anni di sanguinose guerre civili, che si conclusero con la vittoria di Ottaviano su Marco Antonio nella battaglia di Azio nel 31 a.C. Quattro anni dopo, nel 27 a.C., Ottaviano divenne il primo imperatore di Roma assumendo il titolo di *Augustus*, ossia "*degno di venerazione e di onore*". L'ottavo mese dell'anno, sino ad allora chiamato *Sextilis* (sestile), venne ribattezzato *Augustus*. La stessa festa di Ferragosto, tanto cara agli italiani, deriva da *Feriæ Augusti*, ossia "*riposo di Augusto*", un periodo di festeggiamenti che celebrava la fine dei lavori agricoli.

96

sovrastava come di consueto le colonne dei giorni della settimana, la *S* di *Sunday* all'estrema sinistra[128].

«Eppure», proseguì Carlo, «guardate là. Sul calendario c'è scritto August, *agosto*. E noi tutti siamo ancora qui, con i nostri ricordi e le nostre conoscenze. Ci ricordiamo di aver studiato a scuola che Cesare è stato assassinato il giorno delle idi di marzo del 44 avanti Cristo. Sappiamo che dopo anni di feroci guerre civili Augusto è diventato il primo imperatore romano.»

«*I didn't know that*[129]», disse March.

Il maggiore Young lo incenerì con lo sguardo.

«Forse Julianus non ha fatto in tempo a informare Cesare della congiura contro di lui», continuò Carlo. «O forse, più semplicemente, nessuno gli ha creduto. Può anche darsi che i senatori abbiano trovato lo stesso il modo di uccidere il dittatore.»

Carlo tacque per qualche secondo, come per raccogliere i propri pensieri.

«Quello che sto cercando di dire», riprese poco dopo, «è che, molto probabilmente, quello che è successo questa notte, nonostante tutto, non ha modificato il corso degli eventi passati. Forse ci stiamo preoccupando per nulla.»

«O forse siamo stati noi stessi a impedire a Julianus di salvare Cesare.»

La voce era quella di Morlock.

Tutti i presenti si girarono verso di lui con aria interrogativa.

Morlock guardò Carlo con aria di sufficienza, quindi riprese. «Abbiamo o no una macchina del tempo?» chiese sarcasticamente, indicando il grande anello metallico alle

---

[128] Negli Stati Uniti, la domenica è indicata sui calendari come primo giorno della settimana.
[129] *Io non lo sapevo*.

97

sue spalle. «Torniamo nel passato, troviamo Julianus, lo riportiamo qui, e lo teniamo con noi per cinque giorni, fino a quando Cesare non sarà stato ucciso. Probabilmente lo abbiamo *già* fatto, ed è per questo che nessuno di noi è scomparso.»

20

Mare Internum Occidentale, a. d. X Kal. Jul., 2803 a.u.c.
(Mediterraneo Occidentale, 22 giugno 2050)
LINEA TEMPORALE ALTERNATIVA

Una sottile lama di luce penetrò nella cabina illuminando il volto addormentato di Valerius. I suoi occhi percepirono la variazione di luminosità attraverso le palpebre chiuse e innescarono il processo di risveglio. Pochi istanti dopo, Valerius aprì gli occhi e si guardò intorno, insonnolito e confuso. Gli ci vollero un paio di secondi per ricordare dove fosse. Era a bordo di un'*aëronavis* supersonica della Icarus, diretto a Roma.

La società Icarus, che dal mitico figlio di Dedalo[130] prendeva il nome, era stata fondata nel 2572[131], e da oltre due secoli dominava i trasporti aerei passeggeri tra la Julia, l'Africa e l'Europa.

Il Manta AZ753, il velivolo su cui viaggiava Valerius, era un'*aëronavis* a fusoliera integrata, con le ali a formare un tutt'uno con l'intera struttura. Le cabine letto singole, come quella in cui si trovava Valerius, erano posizionate l'una di fianco all'altra lungo il perimetro del velivolo e distribuite su quattro livelli verticali. Ciascuna di esse disponeva di un'ampia finestra rettangolare attraverso la

---

[130] Secondo la mitologia greca, Icaro e suo padre Dedalo vennero rinchiusi nel labirinto di Creta dal re Minosse. Per scappare, Dedalo costruì delle ali servendosi di cera e penne di uccelli. Malgrado gli avvertimenti del padre, Icaro volò troppo vicino al sole, il calore fuse la cera, e Icaro precipitò in mare, morendo.

[131] 1819 dopo Cristo.

quale il passeggero poteva assistere ad albe e tramonti spettacolari. La parte centrale del velivolo era strutturata come la platea di un teatro, su due livelli, e i passeggeri viaggiavano sdraiati in comodi lettini cilindrici climatizzati disposti in dodici file parallele. Il soffitto della platea superiore era trasparente e offriva panorami mozzafiato della Via Lattea. Il Manta, completamente elettrico, era in grado di trasportare poco meno di cinquecento passeggeri. La speciale coda a forma di "V" era stata progettata in modo da attutire il boato supersonico, il che consentiva al velivolo di coprire la distanza tra l'Urbe e le province sulla costa orientale della Julia in poco più di quattro ore.

Valerius si sfregò gli occhi, comandò l'apertura del letto cilindrico in cui aveva riposato un paio d'ore, e si alzò, affondando i piedi nudi nel soffice tappeto azzurro che rivestiva il pavimento della cabina. Si avvicinò alla finestra e scostò la tenda di velluto. L'intensa luce del sole mattutino inondò la cabina, costringendo Valerius a socchiudere gli occhi per non venirne abbacinato.

Qualche istante dopo, quando si fu abituato al chiarore esterno, vide profilarsi davanti a sé la costa orientale della Corsica. Riconobbe lo Stagno di Diana, da secoli celebre in tutto il mondo romano per le sue ostriche prelibate, e quello di Sale, poche miglia più a sud. Individuò la foce del fiume Rhotanus[132] e, in prossimità di questa, la ricca città di Aleria, capoluogo dell'isola. Scorse il tracciato della *magnetovia* che correva parallela alla costa fino a Mantinum[133], a nord, dove si inabissava nel Mare Tyrrhenum per riemergere, dopo aver attraversato l'isola

---

[132] Oggi Tavignano.
[133] Oggi Bastia.

di Ilva[134], sulla penisola italica in corrispondenza della città industriale di Populonia[135].

Una voce femminile annunciò l'imminente atterraggio e invitò i passeggeri a prendere posto nei propri lettini e ad allacciare le cinture di sicurezza.

Valerius vide delinearsi di fronte a sé l'inconfondibile profilo ad aquila stilizzata della gigantesca isola artificiale su cui sorgeva il Publius Cornelius Scipio[136], il più grande scalo aereo della *Fœderatio*.

Costruita a circa cinque miglia[137] dalla foce del Tiberis, l'isola artificiale misurava oltre due miglia in direzione nord-sud, dall'estremità di un'ala all'altra del rapace sul quale l'isola era modellata, e poco meno di un miglio in direzione est-ovest, dalla testa agli artigli dell'aquila stilizzata.

Con i suoi cento stalli uniformemente distribuiti sulla superficie dell'isola, il Publius Cornelius Scipio era in grado di gestire simultaneamente il decollo o l'atterraggio verticale di dodici velivoli, appartenenti per lo più alla Icarus e alle società concorrenti Pegasus e Phoenix.

Sul manto erboso che copriva l'isola, tra gli stalli di decollo e atterraggio, spiccavano eleganti e policromi motivi floreali—prevalentemente gigli, rose, gerani, iris, garofani e viole—, sfarzose fontane marmoree con suggestivi giochi d'acqua, e artistiche figure geometriche realizzate potando sapientemente siepi, cespugli e alberi a basso fusto. Gran parte dell'aerostazione passeggeri si

---

[134] Oggi Elba.

[135] Oggi frazione di Piombino.

[136] Generale e politico romano, ottenne il *cognomen* di *Africanus* dopo aver sconfitto Annibale a Zama nel 202 a.C., ponendo così fine alla Seconda Guerra Punica (218-202 a.C.) e, di fatto, consegnando a Roma il dominio sul Mediterraneo.

[137] Miglia romane. Un miglio romano corrisponde a 1,48 chilometri.

trovava al di sotto della superficie dell'isola e ospitava, oltre a sale d'attesa dotate di tutti i comfort, tre alberghi di lusso, quindici raffinati ristoranti, due teatri, un moderno impianto termale, due palestre, e centinaia di negozi e boutique di moda.

Lungo il perimetro dell'isola, una fitta rete di galleggianti, posti l'uno di fianco all'altro e ciascuno di essi collegato direttamente a una leva libera di oscillare verso il basso e verso l'alto, catturava l'energia generata dall'incessante spinta delle onde e la trasformava in corrente elettrica in quantità tale da soddisfare il fabbisogno dell'intera aerostazione.

Il Manta completò rapidamente la discesa verticale verso lo stallo assegnato e, pochi istanti dopo, la stessa voce femminile diede ai passeggeri il benvenuto nell'Urbe.

Valerius si alzò dal lettino, si infilò ai piedi dei morbidi calzari in pelle di camoscio e aprì la porta della propria cabina, accodandosi agli altri passeggeri che già affollavano la parte centrale del velivolo, in attesa di sbarcare.

Casa, pensò Valerius, le labbra tese in un largo sorriso.

21

Roma, Ambasciata degli Stati Uniti
11 marzo 2022, ore 01:32
Linea Temporale Originale

«Ci potrebbe essere anche un'altra possibilità», ipotizzò Lionhill. «Giulio Cesare è sopravvissuto alla congiura, ma nessuno di noi è mai tornato nel 44 avanti Cristo per rapire Julianus.»

Morlock gli rivolse uno sguardo freddo, gli occhi ridotti a due sottili fessure orizzontali. Gli altri lo osservarono in silenzio, incuriositi.

«Universi paralleli», continuò il professore. «Nel nostro universo, Cesare è morto assassinato e la Storia ha seguito il corso che noi tutti conosciamo. *Quasi* tutti almeno.»

Lara lanciò un'occhiata di rimprovero a Lionhill per la frecciatina a March, anche se il *marine*, da parte sua, non sembrava essersene reso conto.

«In un altro universo, invece», proseguì il professore, «Cesare è sopravvissuto, e chissà quali eventi storici si sono verificati successivamente.»

«La sua mi sembra un'idea piuttosto fantasiosa, professore», tagliò corto Morlock. «Il multiverso di cui lei parla è soltanto una mera ipotesi di fisica teorica. La macchina del tempo, invece, è una realtà. Ed è qui davanti a noi», sentenziò, puntando l'indice della mano destra verso l'anello di metallo. «Torneremo indietro nel tempo e porteremo Julianus qui.»

Morlock voltò le spalle a Lionhill e si avvicinò a Valeria, in piedi con la schiena addossata alla parete.

103

«Signorina Betti, ha idea di dove possa essere diretto Julianus? Le ha parlato forse di una caserma, o magari di un'abitazione?» le chiese.

Valeria rifletté in silenzio, cercando di ricordare cosa Julianus le avesse detto in proposito.

Carlo fu più lesto di lei nel rispondere. «Ha parlato di una *domus* sul Palatino. La casa di sua sorella Silvia e del marito di lei. Se non ricordo male, il cognato si chiamava Quintus Aurelius Pulcher.»

Valeria lo guardò basita. Le doti mnemoniche del fratello non finivano mai di stupirla.

«È verosimile», si inserì Lara. «In epoca repubblicana il Palatino era sede dei patrizi, a differenza dell'Aventino, che aveva un carattere prevalentemente plebeo.»

«Quanto tempo ci vuole da qui per raggiungere il Palatino a piedi?» chiese Morlock.

Flynn fu il primo a rispondere, qualche secondo dopo, alzando gli occhi dal suo smartphone. «Non meno di trenta minuti, secondo Google Maps.»

«Julianus ha attraversato il portale sei minuti fa. Abbiamo poco più di venti minuti per intercettarlo», dichiarò Morlock.

«Chi ci dice che il tempo scorra alla stessa velocità nelle due epoche?» domandò Carlo, dubbioso.

«Quando io e il sergente Fernández siamo stati nel passato», rispose Lara, «avevamo con noi un orologio. Abbiamo trascorso esattamente sessantatré minuti e ventiquattro secondi nel 44 avanti Cristo. La nostra assenza è durata sessantatré minuti e ventiquattro secondi anche nel 2022. Le due epoche sono perfettamente sincronizzate. Non sappiamo come, non sappiamo perché, ma è così.»

Carlo annuì, facendo segno di aver capito. «In sostanza,

104

questo anello è come una passerella comunicante tra due carrozze ferroviarie di uno stesso treno. Solo che la seconda arriva in stazione 2065 anni dopo la prima.»

22

Roma, a. d. X Kal. Jul., 2803 a.U.c.
(Roma, 22 giugno 2050)
LINEA TEMPORALE ALTERNATIVA

«Il bagaglio le verrà consegnato all'indirizzo da lei indicato entro due ore al massimo», confermò l'assistente di volo con un sorriso.

Valerius la ringraziò ed entrò, accompagnato da una ventina di altri passeggeri, in uno dei quattro ascensori che erano stati agganciati al Manta subito dopo l'atterraggio e che collegavano gli accessi del velivolo all'aerostazione sottostante.

Dal momento che lo stallo di atterraggio del Manta era prossimo alla testa dell'aquila su cui era modellata l'isola artificiale, le porte dell'ascensore si aprirono direttamente sul gigantesco foyer del Publius Cornelius Scipio, e che corrispondeva alla parte centrale del corpo del rapace.

Pur non essendo per lui uno spettacolo nuovo—in fin dei conti, continuava a risiedere a Roma dai quattro ai sei mesi l'anno—, Valerius non poté fare a meno di provare un misto di meraviglia, ammirazione e orgoglio di fronte all'enorme cupola di vetro policromo, attraverso la quale penetravano i raggi del sole illuminando di mille colori l'immenso giardino mediterraneo costituito da oltre cinquemila alberi, piante, e fiori.

Al centro del giardino, proprio sotto la cupola, una cascata artificiale di oltre cinquanta metri catalizzava l'attenzione dei passeggeri con i suoi giochi dinamici di luci, colori e musica. Tutt'intorno, decine di eleganti negozi e raffinati ristoranti si affacciavano a vari livelli sul foyer centrale, consentendo a clienti e avventori di ammirarne la straordinarietà da differenti altezze e angolazioni.

Valerius decise di concedersi qualche minuto di pausa e si accomodò su una confortevole poltroncina sferica in una *taberna* al primo piano del foyer. La poltroncina, con intelaiatura bianca in fibra di vetro, piedistallo rotante in metallo lucido, e interno imbottito e rivestito di morbido velluto rosso, offriva uno spazio intimo e rilassante.

Dall'interno del guscio della poltroncina si materializzò una seducente voce femminile che gli diede il benvenuto nel locale e gli domandò cosa desiderasse consumare. Valerius ordinò una spremuta fresca di agrumi di Surrentum[138] e, un paio di minuti dopo, un piccolo drone quadricottero planò silenziosamente accanto alla poltroncina, stabilizzandosi a mezz'aria in corrispondenza del volto di Valerius. Il drone gli effettuò la scansione dell'iride e comandò automaticamente l'addebito della consumazione sul suo conto bancario, quindi gli consegnò il vassoio con la bibita, e scomparve silenziosamente.

Valerius bevve un sorso della spremuta e chiuse gli occhi, assaporando il gusto agrodolce degli ineguagliabili agrumi sorrentini, e lasciandosi cullare dalle melodiche note di un'arpa che accompagnavano il costante scroscio d'acqua dell'immensa cascata interna al centro del foyer. Sorseggiando la bibita, Valerius ammirò i giochi cromatici della cascata, che riproducevano, in sequenza, tutti i colori dell'arcobaleno—rosso, arancione, giallo, verde, blu, indaco, e viola.

«Lavinia, *propera!*[139]»

---

[138] Oggi Sorrento.
[139] *Affrettati!*

107

Valerius ruotò la poltroncina in senso orario e vide una giovane donna sui trent'anni correre verso il foyer tenendo per mano una bimba di sei o sette anni che le trotterellava dietro, faticando a tenere il passo di quella che doveva essere sua madre.

«Forza Lavinia! L'*aëronavis* per Mundus parte tra pochi minuti!»

«Medo non ce la fa a correre così veloce!» protestò la bimba, lanciando un'occhiata all'orsacchiotto di peluche che stringeva nella mano sinistra. I lunghi capelli castani le ondeggiavano sulla schiena seguendo il movimento ritmico delle gambette paffute.

Mundus, pensò Valerius. *Marte*.

Antico e florido porto commerciale, Mundus sorgeva sulla costa orientale africana, laddove il golfo d'Arabia confluisce nel Mare Erythræum[140]. Situato in prossimità dell'equatore per sfruttare al massimo l'Effetto Fionda[141] e quindi imprimere una maggiore velocità alle *aëronaves* in decollo, quello di Mundus era il principale astroporto da cui i vettori spaziali romani facevano la spola da e per il pianeta Marte. La frequenza dei collegamenti tra Terra e Marte variava con la distanza relativa tra i due pianeti, che segue un ciclo di circa ventisei mesi. Il numero massimo di voli era programmato per i primi giorni di dicembre di quell'anno, quando la distanza tra i due pianeti avrebbe registrato il suo minimo.

La colonizzazione di Marte aveva avuto inizio

---

[140] Oggi Mar Arabico.

[141] La Terra, nel suo moto di rotazione intorno al proprio asse, innesca un moto circolare uniforme su tutta la sua superficie, la cui velocità tangente è nulla ai poli e massima (circa 1650 km/h) in corrispondenza dell'equatore. I vettori spaziali che partono in prossimità dell'equatore sfruttano pertanto la maggiore velocità di rotazione terrestre, che fornisce una spinta gratuita in direzione est (*Effetto Fionda*).

quarantadue anni prima, nel 2761[142], quando i motori a propulsione elettromagnetica avevano ridotto da sei a due i mesi necessari a raggiungere il pianeta rosso.

Gli automi androidi inviati dalla Terra avevano lavorato quasi cinque anni per costruire abitazioni, laboratori e strutture ricreative e di supporto in grado di accogliere su Marte i primi coloni umani. Come materiale da costruzione era stato usato basalto—abbondante su tutta la superficie marziana—, mescolato a polimeri a base vegetale che gli automi avevano cresciuto in loco. Il composito di basalto, tra l'altro, si era rivelato anche un efficace scudo contro le radiazioni ad alta energia presenti sulla superficie del pianeta rosso.

Ma era stato soltanto a partire dal 2786[143], con l'introduzione dei nuovi motori ad antimateria, che decine di migliaia di coloni avevano iniziato a trasferirsi stabilmente su Marte. Spinte dai motori ad antimateria, le astronavi romane, ora in grado di viaggiare nello spazio alla velocità di quasi mille chilometri al secondo, avevano ridotto i tempi di percorrenza a un minimo di 17 e un massimo di 110 ore, a seconda della distanza relativa tra i due pianeti. Attualmente, erano oltre due milioni le persone che abitavano stabilmente la colonia marziana romana di Alba Rubra.

Valerius bevve l'ultimo sorso della spremuta e si lasciò cullare ancora per qualche minuto dall'incantevole melodia dell'arpa. Quindi si alzò dalla comoda poltroncina sferica e si diresse a passo deciso verso la galleria sottomarina che collegava l'isola artificiale del Publius Cornelius Scipio alla terraferma. Insieme a una decina di altri passeggeri si imbarcò nella capsula a guida

---

[142] 2008 dopo Cristo.
[143] 2033 dopo Cristo.

automatica, e prese posto su uno dei soffici sedili singoli sul lato sinistro del veicolo. Un segnale acustico annunciò la chiusura delle porte, e qualche istante dopo la capsula scivolò via veloce nell'oscurità, percorrendo in pochi minuti la distanza che separava l'aerostazione dal centro abitato di Ostia, sulla terraferma.

23

Roma, Ambasciata degli Stati Uniti
11 marzo 2022, ore 01:35
LINEA TEMPORALE ORIGINALE

«Vado con loro!» dichiarò Valeria risoluta, le mani sui fianchi.

«Non se ne parla neanche!» ribatté Carlo in tono altrettanto determinato.

«La signorina Betti ha ragione.»

La voce, fredda e autoritaria, era quella di Morlock.

I due fratelli si girarono di scatto, incontrando i piccoli occhi grigi e penetranti del direttore del dipartimento Science and Technology della CIA.

«È assai più probabile che Julianus si fidi di lei, signorina, piuttosto che di chiunque altro, visto il rapporto *speciale* che vi lega», continuò Morlock.

Alla parola *speciale*, Valeria abbassò istintivamente gli occhi verso il pavimento senza poter evitare di arrossire leggermente.

«Come si permette?» tuonò Carlo, infastidito dall'allusione, serrando i pugni con tale forza che le nocche gli divennero bianche.

«No, è vero», disse Valeria, afferrando il fratello per un braccio e cercando di placarlo. «È proprio quello che stavo cercando di farti capire. È meglio che io vada con loro. Sarà più semplice per tutti.»

«Ascolti sua sorella, signor Betti. Mi sembra assai più assennata di lei», aggiunse Morlock con un sorrisetto, aggiustandosi gli occhiali con la montatura a giorno.

111

Carlo dovette fare appello a tutto il suo autocontrollo per non mettergli le mani addosso.

***

«L'anello e il drone sono sul furgone», annunciò il maggiore Young. «Siamo pronti.»

Flynn, Lara, Morlock e Valeria erano vestiti come antichi Romani del primo secolo avanti Cristo. Sarebbero stati loro quattro a tornare indietro nel tempo alla ricerca di Julianus.

«State facendo un errore! Un grosso errore!» li ammonì Lionhill. «Tornare nel passato e portare di nuovo qui quel legionario per quasi cinque giorni può avere conseguenze imprevedibili e...»

«Abbiamo una missione da compiere, professore», lo zittì Morlock. «Non abbiamo tempo per i suoi catastrofismi. Lasci il comando delle operazioni a chi è più esperto di lei di *Military Intelligence*.»

«*Military Intelligence...* un ossimoro interessante, non trova?» ribatté Lionhill sarcastico, la bocca stretta in una linea dritta, gli occhi ridotti a due fessure.

«Maggiore, ordini ai suoi uomini di tenere d'occhio il professore fino al nostro ritorno», disse Morlock a Young. «Professore, la suite degli ospiti[144] è sempre a sua disposizione», aggiunse poi con un sogghigno, uscendo dalla stanza.

---

[144] Si veda il Capitolo 12 di CHANGING HISTORY.

24

Roma, a. d. X Kal. Jul., 2803 a.U.c.
(Roma, 22 giugno 2050)
LINEA TEMPORALE ALTERNATIVA

Valerius uscì dalla capsula e, una volta all'aria aperta, chiuse gli occhi e inspirò intensamente, lasciandosi accarezzare il viso dai caldi raggi del sole. Il cielo era terso e scevro di nubi, uno di quei cieli limpidi e trasparenti che solo l'Urbe sembrava essere capace di regalare. L'odore di salsedine gli destò ricordi lontani, come spesso gli accadeva quando tornava sul litorale romano. Corse chiassose a piedi nudi sulla sabbia rovente agognando il rinfrescante abbraccio delle onde; falò scoppiettanti sul lungomare pizzicando le corde di una cetra e cantando a voce bassa tenere canzoni d'amore; timidi baci scambiati tra le dune carezzate dal vento guardando il disco rosso del sole immergersi silenzioso nelle profondità del Mare Tyrrhenum, il rassicurante e ritmico infrangersi delle onde sulla battigia come sottofondo: ricordi d'infanzia e d'adolescenza. Lontani, ma al tempo stesso così vicini, vividi, indelebili.

Valerius rivolse un ultimo sguardo al mare dietro di sé, abbacinato dai riflessi del sole sulla scintillante distesa d'acqua lievemente increspata dal vento. Si avviò quindi a passo deciso verso lo spiazzo designato al decollo e all'atterraggio delle *aërobigæ*, dove un paio di persone erano già in attesa. Digitò veloce una sequenza di comandi sul bracciale nero che portava al polso sinistro, e meno di due minuti dopo un'*aërobiga* a guida automatica planò silenziosamente al suo fianco. Il grande portello laterale, azionato da una coppia di martinetti idraulici, si spalancò verso l'alto con un lieve sibilo.

«*Aërobiga H501* al suo servizio, *domine*. Si accomodi a bordo, prego. Dove desidera andare?»

«Forum Boarium, villa del senatore Janus Quirinus Plinius», rispose Valerius salendo a bordo del velivolo e accomodandosi sul morbido sedile di pelle nera. Si allacciò la cintura di sicurezza e distese le gambe, mentre il sedile si adattava automaticamente al peso e alla forma anatomica del passeggero, e l'*aërobiga* si sollevava verso il cielo con un lieve ronzio.

Il velivolo si lasciò alle spalle il litorale e sfrecciò veloce nel cielo azzurro verso il centro dell'Urbe, in direzione nord-est.

La superficie della Capitale della *Fœderatio* era aumentata immensamente nel corso dei secoli. L'area urbana, che sfiorava ormai i cinquemila *saltus*[145], si estendeva, da sud a nord, da Lavinium alle sponde del Lacus Sabatinus[146], e, da est a ovest, da Tibur[147] al litorale tirrenico. Nonostante l'immensa estensione, gli abitanti superavano di poco i tredici milioni, circa la metà della popolazione di Nova Roma. L'Urbe, infatti, inglobava nel suo tessuto urbano un'infinità di parchi, foreste, giardini botanici, fiumi, laghi naturali—come l'Albanus e il Nemorensis[148]—e artificiali, cosicché l'area edificata era non più di un terzo della superficie complessiva.

---

[145] Un *saltus* corrisponde a 202,3 ettari. Cinquemila *saltus* equivalgono a circa diecimila chilometri quadrati, poco più della metà dell'attuale superficie della Regione Lazio.

[146] L'odierno lago di Bracciano.

[147] *Tivoli.*

[148] L'odierno lago di Nemi.

114

Valerius osservava con orgoglio e ammirazione l'infinito reticolo di strade scivolare veloci sotto di lui. Immense piazze lastricate di marmo e travertino, eleganti teatri, colossali impianti sportivi e monumentali complessi termali, gigantesche *altædomus* e sfarzose ville private, enormi templi e sontuose basiliche, prestigiose scuole e moderni istituti di ricerca, maestosi palazzi amministrativi e di rappresentanza, inframmezzati da rigogliosi giardini e roseti in fiore, boschetti e corsi d'acqua artificiali, solenni fontane e piscine dalle forme più disparate.

Alla sua destra, sulla sponda destra del Tiberis, vide il ciclopico Publius Horatius Cocles[149], il più grande stadio di *harpastum* della *Fœderatio*, circondato da una foresta di gru e un piccolo esercito di operai indaffarati che, da quell'altezza, sembravano un nugolo di formiche brulicanti.

Centinaia di *aërobigæ* sfrecciavano in tutte le direzioni come sciami di insetti, sfiorando le facciate delle *altædomus* e i tetti degli edifici, rivestiti di pannelli fotovoltaici in grado di soddisfare una larga percentuale del fabbisogno energetico della metropoli.

Qualche minuto più tardi Valerius vide profilarsi davanti a sé i contorni familiari dei Montes Cælius, Palatinus, Capitolinus e Aventinus. L'*aërobiga* sorvolò rapida il mastodontico impianto sportivo del Circus Maximus, quindi planò dolcemente nelle vicinanze del Forum Boarium, davanti al cancello d'ingresso di una sontuosa villa sulla sponda sinistra del Tiberis.

«Siamo giunti a destinazione, *domine*. Ho provveduto a

---

[149] Secondo la tradizione, nel 508 a.C. Publius Horatius Cocles (Publio Orazio Coclite) riuscì pressoché da solo ad arrestare l'avanzata dell'esercito etrusco, dando ai propri compagni il tempo di distruggere il ponte Sublicio e impedire così ai nemici di passare il Tevere.

115

informare il senatore del suo arrivo. La sta aspettando», annunciò la voce squillante dell'intelligenza artificiale alla guida del veicolo. «Le auguro una piacevole giornata e un felice soggiorno nella città più bella del mondo.»

25

Roma, via Nazionale
11 marzo 2022, ore 01:43
LINEA TEMPORALE ORIGINALE

I due furgoni attraversarono a gran velocità piazza della Repubblica, lasciandosi alle spalle la monumentale basilica barocca di Santa Maria degli Angeli e dei Martiri e puntando decisi verso il varco ZTL[150]—data l'ora, non attivo—di via Nazionale.

Valeria, Lara, Carlo e don Renato sedevano nel cassone del primo dei due furgoni, guidato dal *marine* Jimmy Hott. Il secondo veicolo, su cui era caricato l'anello, trasportava la McDougall e Flynn ed era guidato da March, con Morlock seduto alla sua destra. Il maggiore Young occupava il sedile del passeggero nel primo furgone.

«Perché stiamo andando a piazza della Consolazione?» chiese Valeria a voce sufficientemente alta da poter essere udita in mezzo al frastuono di cigolii, tonfi e stridori causati dall'interminabile serie di buche, crepacci e dossi che mettevano a dura prova le sospensioni dei veicoli. «Se Julianus è diretto al Palatino, non sarebbe più logico tentare di intercettarlo all'altezza di via dei Fori Imperiali?»

«Non è così semplice», rispose Lara. «Nel 44 avanti Cristo, Quirinale e Campidoglio erano ancora uniti. I colossali lavori di sbancamento delle pendici del Quirinale

---

[150] Zona a Traffico Limitato. L'accesso al centro storico di Roma è limitato a determinate fasce orarie.

117

vennero completati soltanto centocinquant'anni dopo, con l'inaugurazione del Foro e dei Mercati di Traiano, tra il 112 e il 113 dopo Cristo. Se attraversassimo l'anello nel 2022 in corrispondenza della Colonna Traiana, tanto per fare un esempio, ci ritroveremmo nel 44 avanti Cristo a decine di metri sotto al livello del suolo, schiacciati da tonnellate di roccia e terra.»

Valeria fece una smorfia di orrore di fronte a quella prospettiva decisamente ben poco piacevole.

«La zona di piazza della Consolazione e del vico Jugario, alle pendici del Campidoglio», proseguì Lara, «non ha subito invece significativi sbancamenti. Per questo abbiamo deciso di dirigerci lì.»

«E poi?»

«Poi, una volta varcato l'anello, risaliremo il Campidoglio e, con l'aiuto del drone e di una buona dose di fortuna, cercheremo di localizzare Julianus.»

Valeria annuì, pensierosa. Rimase in silenzio qualche secondo, poi chiese: «Da dove è saltato fuori l'anello?»

«È stato rinvenuto al largo dell'isola di Santorini due giorni fa.»[151]

«Santorini?»

«Sì. Riteniamo che la nave che lo trasportava sia affondata durante la cosiddetta Eruzione Minoica, circa tremilaseicento anni fa.»

I due furgoni sgommarono intorno ai resti delle Mura Serviane collocati nell'aiuola centrale di largo Magnanapoli, e si tuffarono a tavoletta giù per via IV Novembre, costeggiando, sulla sinistra, l'ingresso del Museo dei Fori Imperiali.

«E chi potrebbe aver costruito una macchina del tempo tremilaseicento anni fa?» chiese Carlo.

---

[151] Si veda il Capitolo 1 di CHANGING HISTORY.

«Questa è proprio una bella domanda», replicò Lara, facendosi improvvisamente seria. «Alla quale, fino ad ora, non siamo stati purtroppo in grado di fornire una risposta convincente.»

26

Roma, a. d. X Kal. Jul., 2803 a.U.c.
(Roma, 22 giugno 2050)
LINEA TEMPORALE ALTERNATIVA

«*Valeri!*» esclamò Plinius in tono gioioso. «Bentornato nell'Urbe, amico mio! Com'è andato il viaggio?»

«Rapido e tranquillo. Le cabine singole del nuovo modello di Manta sono straordinariamente comode e silenziose. Ho dormito per quasi tutto il viaggio.»

«Ottimo! Vieni, da questa parte», disse Plinius, facendo cenno all'amico di seguirlo in un elegante salottino a pianta ottagonale affacciato sul Tiberis. Invitò Valerius ad accomodarsi su una morbida poltroncina ergonomica in velluto rosso e, spalancate entrambe le ante di un lussuoso mobile bar in legno di mogano, ne estrasse due coppe di cristallo e una bottiglia alta e sottile. «Assaggia questo liquore agli agrumi. Prodotto artigianalmente sull'isola di Capreæ[152]. Puro nettare degli dèi», dichiarò solennemente, portandosi pollice e indice della mano destra alle labbra e schioccando un sonoro bacio verso il cielo.

Il soffitto del salottino era suddiviso in otto riquadri riccamente affrescati con motivi floreali dai colori accesi e brillanti. Al centro di ciascun riquadro campeggiavano tre fanciulle—le ore del giorno—che danzavano tenendosi per mano, i lunghi capelli castani sciolti sulle spalle in morbidi boccoli vaporosi, le forme sinuose dei corpi nudi coperte solo parzialmente da sottili veli trasparenti. Otto

---

[152] Oggi Capri.

120

lesene collegavano idealmente il pavimento in porfido rosso ai riquadri nella volta a padiglione del soffitto, ed erano sormontate da otto stucchi di colore rosso fuoco raffiguranti altrettante fenici, le ali aperte nell'atto di spiccare il volo.

«Che si dice nelle province d'oltremare?» chiese Plinius, accomodandosi su un divanetto di fronte a Valerius e portandosi alle labbra la coppa di cristallo.

«Niente di particolare», rispose Valerius, alzando leggermente le spalle. «I notiziari degli ultimi giorni non hanno fatto altro che parlare dell'incidente nella centrale idroelettrica di Onguiaahra[153]. Qualcuno ha ipotizzato un attentato di matrice sinoana, ma da quanto è emerso sinora sembra essersi trattato di un semplice malfunzionamento di una delle turbine.»

«Mai fidarsi delle apparenze», commentò Plinius in tono neutro, sorseggiando il liquore.

«Ho visto un gran fermento intorno al Publius Horatius Cocles», disse Valerius, cambiando discorso.

«Come sai, i *Certamina Sino-Romana*[154] iniziano tra poco meno di un mese. Lo stadio sarà pieno in ogni ordine di posto. Quasi trecentomila spettatori, inclusi il Presidente della *Fœderatio* e l'Imperatore Sinoano.»

Istintivamente, Plinius rivolse lo sguardo verso ovest, in direzione dell'immenso impianto sportivo, distante qualche miglio dalla villa.

«Il Senato teme un attentato», aggiunse poi, in tono grave.

«Da parte sinoana?»

---

[153] *Onguiaahra*, nella lingua degli Irochesi, significa *acque tonanti*. Dal termine Onguiaahra ha origine il nome *Niagara*, che identifica oggi le famose cascate nordamericane.
[154] *Giochi Sino-Romani.*

«O da parte romana. I falchi sono numerosi in entrambi gli schieramenti. Troppi trarrebbero vantaggio da una nuova guerra. Militari, fabbricanti di armi, gruppi estremisti nazionalisti, speculatori finanziari e immobiliari. La lista è lunga, purtroppo.»

«Non sono bastate tre guerre planetarie e centinaia di milioni di morti da entrambe le parti?»

«La memoria storica non è mai stata uno dei punti di forza della razza umana», rispose il senatore con amarezza. «La terza e ultima guerra sino-romana è terminata più di un secolo fa. Nessuno di noi ne ha vissuto la devastazione, la sofferenza, i lutti.»

Plinius rimase in silenzio per qualche secondo, assorto, facendo roteare nella coppa di cristallo il liquido color arancio del liquore agli agrumi.

Il sole era un disco infuocato nell'azzurro intenso di un cielo completamente privo di nuvole. I raggi, filtrati dalle tre vetrate della finestra a bovindo, in vetro opalescente e piombo saldato, proiettavano sfumate macchie luminose di colore verde, celeste e giallo sulle pareti bianche del salottino, per metà sporgente dal muro perimetrale della villa. La vetrata centrale era finemente decorata con un bucolico paesaggio lacustre, al centro del quale nuotava un magnifico cigno bianco, il collo reclinato in avanti, il becco giallo a sfiorare il petto candido, le ali leggermente sollevate verso il cielo. Le vetrate laterali, leggermente più piccole, erano ornate da delicate decorazioni floreali di iris e tife.

«Basta discutere di argomenti cupi. Dov'è il tuo fantastico cronoportale?»

«Il personale della Icarus dovrebbe consegnarlo qui tra...»—Valerius si interruppe per leggere l'ora sul bracciale che portava al polso sinistro—«...tra meno di

122

un'ora.»

«Nel frattempo, vai pure a riposarti un po'. Ti ho fatto preparare la stanza degli ospiti al piano di sopra. Sarai stanco morto, amico mio. Il viaggio, il fuso orario... Approfitta della vasca idromassaggio, è un toccasana dopo un viaggio intercontinentale. Ti chiamo io quando arriva la tua consegna.»

«Difficile dirti di no», disse Valerius con un sorriso, alzandosi dalla poltroncina.

«Quando hai intenzione di partire? Andare nel passato, intendo.»

«Questa notte stessa.»

***

«Julianus ha detto di essere stato aggredito nei pressi del Tullianum sul finire della *tertia vigilia noctis*, il quinto giorno prima delle idi di marzo[155]», disse Valerius.

«Nel mese di marzo, con la durata del giorno pressoché uguale a quella della notte, ciascuna delle quattro vigilie notturne era di tre ore, minuto più minuto meno.»

«Esatto. La terza vigilia iniziava circa a mezzanotte e terminava verso le tre del mattino.»

Valerius guardò il proprio bracciale. Mancavano dodici minuti alle due.

Una leggera brezza aveva spazzato via l'afa della giornata, portando con sé una piacevole frescura. Il cronoportale era già attivo e l'intenso bagliore sprigionato dal cerchio interno proiettava una vivida luce adamantina sui tronchi spogli delle alte palme che decoravano la parte settentrionale del giardino della villa. Le grandi foglie

_____

[155] L'11 marzo.

123

sempreverdi a forma di ventaglio ondeggiavano lievi accarezzate dal vento.

Valerius non era vestito da legionario, questa volta. Indossava una semplice tunica beige di lana grezza stretta in vita da una cintura di stoffa. Un *pallium*[156], anch'esso di lana ma di colore marrone scuro, gli copriva le spalle e la schiena. Ai piedi portava le stesse *caligæ* di cuoio calzate nella sua recente visita a Colonia Crepsænsis. Si tolse il bracciale e lo porse a Plinius perché lo conservasse in sua assenza. Fece lo stesso con il *folux* con l'immagine di sua madre, cui diede una lieve carezza prima di affidarlo alla custodia dell'amico.

Plinius gli porse una pistola ionica, che Valerius fece scivolare nella fondina cosciale che portava agganciata alla gamba destra, sotto la tunica.

«Hai con te l'*omneslinguæ*?» chiese il senatore.

«Sì, è già attivo», rispose Valerius, portandosi istintivamente le punte degli indici di entrambe le mani a toccare i minuscoli congegni elettronici nascosti nelle cavità auricolari. Strinse Plinius in un forte abbraccio fraterno, inspirò profondamente e, senza ulteriori indugi, fece un balzo attraverso il cronoportale.

---

[156] Mantello.

124

27

Roma, Foro Olitorio
11 marzo 2022, ore 01:49
LINEA TEMPORALE ORIGINALE

I due furgoni superarono di slancio piazza d'Aracoeli, scartando a sinistra la michelangiolesca Cordonata Capitolina e proseguendo a gran velocità su via del Teatro di Marcello, sobbalzando rumorosamente sull'irregolare pavimentazione in sanpietrini[157].

Le strade erano pressoché deserte, il traffico—così caotico durante il giorno—quasi inesistente. L'area che un tempo ospitava il Forum Holitorium, il mercato della frutta e della verdura, era immersa in una quiete irreale, violata soltanto dallo stridore degli pneumatici dei due veicoli che, a velocità sostenuta, perdevano ripetutamente aderenza sulla superficie levigata dei blocchetti di leucitite del fondo stradale.

Decine di riflettori, faretti a incasso, e moduli LED lineari, molti dei quali a livelli di illuminazione e temperatura del colore regolabili, creavano giochi di luce e suggestivi effetti scenografici sui monumentali resti del Teatro di Marcello e sulla facciata in travertino della Basilica di San Nicola in Carcere.

Raggiunta l'estremità meridionale di via del Teatro di

---

[157] I sanpietrini (o sampietrini) sono dei blocchetti lapidei di leucitite dalla caratteristica forma a tronco di piramide a base quadrata, usati a Roma per la pavimentazione di molte strade e piazze, tra cui piazza San Pietro.

Marcello, i due furgoni svoltarono bruscamente a sinistra e risalirono il vico Jugario, costeggiando l'erta parete meridionale del Campidoglio fino a raggiungere piazza della Consolazione.

«Accosta lì, a sinistra della chiesa», ordinò Young a Hott che, seduto alla sinistra del maggiore, guidava il primo dei due mezzi.

***

I furgoni erano parcheggiati uno dietro l'altro alla base dell'erta scalinata che, marcata lateralmente da blocchetti irregolari di tufo, collegava piazza della Consolazione a via Monte Tarpeo.

«Sei proprio sicura di volerlo fare?» chiese Carlo tormentandosi le mani, nervoso. Una leggera brezza gli scompigliava i capelli.

«Sì», ribatté Valeria con fermezza, più per convincere se stessa che non il fratello. Indossava un'elegante stola di lana verde e sandali di cuoio di color marrone chiaro.

Carlo alzò gli occhi al cielo in un gesto di insofferenza e il suo sguardo incontrò la ripida parete rocciosa della Rupe Tarpea, che si ergeva buia e minacciosa sopra di loro. Un brivido gelido gli accapponò la pelle al pensiero di quante morti e sofferenze l'antica rupe era stata muta testimone[158].

«Lo conosci appena», provò ancora a dissuaderla Carlo.

«No.» Valeria si mordicchiò il labbro inferiore, gesto che faceva inconsciamente ogniqualvolta si sentiva

---

[158] Dalla *Rupes Tarpeia*, posta all'estremità meridionale della rocca capitolina, venivano gettati nel Foro sottostante i condannati a morte, che in tal modo venivano simbolicamente espulsi dall'Urbe.

126

stressata o preoccupata. «Non so come spiegarti... È come se lo conoscessi da sempre. È come se... so che può sembrare folle... è come se io e lui fossimo in qualche modo *predestinati* a incontrarci, a stare insieme.»

«Ma per favore, Valeria!» sbottò Carlo, allargando le braccia in un gesto plateale di frustrazione. «La predestinazione non esiste!»

«Esiste eccome, figliolo!» tuonò don Renato, materializzatosi improvvisamente alle spalle del giovane. «Ma solo il Signore, nella Sua infinita e imperscrutabile sapienza, conosce il significato e il fine ultimo delle nostre umili vite. *O predestinazion, quanto remota | è la radice tua da quelli aspetti | che la prima ragion non veggion tota*[159], scrisse il Sommo Poeta.»

«Signorina Betti, siamo pronti.»

La voce, fredda e determinata, era quella di Morlock. Era vestito anch'egli come un Romano del primo secolo avanti Cristo, con toga di colore bianco avorio e *calcei* neri.

La McDougall aveva ruotato i cubi secondo la sequenza prestabilita, e un'abbagliante luce bianca era apparsa nuovamente all'interno del misterioso anello metallico.

Valeria fece un rapido cenno di assenso con il capo e, senza dire una parola, si diresse lentamente verso l'anello, dove Flynn e Lara erano già in attesa.

«Non andare!» la implorò nuovamente Carlo.

Valeria si girò un'ultima volta a guardare il fratello, rivolgendogli un sorriso affettuoso. Poi lasciò che Lara la prendesse per mano e, insieme a lei, varcò la membrana acquosa davanti a sé, scomparendo.

Flynn e Morlock seguirono di slancio le due ragazze.

Carlo si mise le mani nei capelli, mentre don Renato,

---

[159] Dante Alighieri, Divina Commedia, Paradiso Canto XX, 130-132.

127

cingendogli amorevolmente le spalle con il braccio destro, gli sussurrava all'orecchio: «Andrà tutto bene.»

28

Roma, Forum Boarium
a. d. V Eid. Mart., 710 a.U.c., Tertia Vigilia Noctis
(11 marzo 44 avanti Cristo, ore 1:50)
LINEA TEMPORALE COMUNE

L'aria era fresca. Una leggera brezza accarezzava le chiome dei pini marittimi che ammantavano le pendici del Mons Aventinus, sulla sponda sinistra del Tiberis. Una pallida luna delineava con i suoi raggi argentati i contorni del Tempio di Ercole Vincitore, a pianta circolare, e rischiarava di un biancore latteo le quattro colonne frontali del Tempio del dio Portunus, protettore del Porto Tiberino. L'Urbe era immersa nel silenzio e nell'oscurità, interrotta qua e là dalle fiammelle di sporadici lumini che danzavano tremolanti sui davanzali delle *insulæ*.

Valerius attraversò a passo svelto il Forum Boarium, lasciandosi sulla destra una delle numerose fontane pubbliche di Roma, una vasca triangolare formata da tre spesse lastre di travertino impermeabilizzato sormontate da un cippo su cui era scolpito il volto di Fontus, il dio delle sorgenti. Raggiunse i templi della Fortuna e di Mater Matuta, dea del mattino e protettrice della vita nascente e della fertilità. Si guardò intorno con circospezione per sincerarsi di non essere seguito, quindi si avviò su per il *Vicus Iugarius*[160] in direzione del Forum Cæsaris e del Tullianum.

---

[160] Il *Vicus Iugarius* collegava il *Foro Romano* al *Foro Olitorio* (il mercato della frutta e della verdura) seguendo il tracciato dell'odierno

129

***

Le suole chiodate delle *caligæ* di Julianus percuotevano le lastre basaltiche della pavimentazione stradale come ritmati colpi di martello, echeggiando tra le alte *insulæ* che incombevano su entrambi i lati della via buia e deserta. Il dolore acuto al torace, provocato dalle costole rotte[161], lo tormentava ad ogni passo.

Un vortice di pensieri ed emozioni gli turbinava in testa. Gaius Julius Cæsar, l'uomo per cui aveva combattuto in Gallia e nel *bellum civile*[162] contro Gnæus Pompeius Magnus, sarebbe stato brutalmente assassinato il giorno delle idi di marzo. Aveva soltanto quattro giorni per impedire che ciò accadesse. Quattro giorni per metterlo in guardia della minaccia imminente. Conosceva i nomi dei congiurati, sapeva dove, quando e come avrebbero agito. Doveva trovare il modo di parlare con il *dictator*, informarlo di quanto era venuto a conoscenza, salvargli la vita.

Un odore di cavoli e salsicce all'aglio lo destò dai suoi pensieri. Una massiccia anta di legno serrava l'ingresso di un *thermopolium*, una locanda che, a giudicare dagli odori pesanti ancora persistenti, doveva aver servito pasti fino a tarda sera. Alla sinistra del *thermopolium* individuò il portone sbarrato di una *taberna olearia*, dove, di lì a poche ore, sarebbe ripresa la vendita di pregiato olio d'oliva,

---

vico Jugario e di *via della Consolazione*. L'origine del nome è incerta: potrebbe derivare dalla presenza di un altare a *Iuno Iuga*, ossia Giunone che unisce in matrimonio (*iungere*), oppure dalle botteghe di costruttori di gioghi (*iuga*) per i buoi in relazione al vicino Foro Boario.

[161] Si veda il Capitolo 23 di CHANGING HISTORY.

[162] Guerra civile.

130

solitamente di origine laziale o campana. Poco più avanti, un robusto portone sprangato con pesanti chiavistelli negava l'accesso a una *taberna gemmaria*, dove venivano tagliati e lavorati oro, argento, pietre preziose. Una delle tante *tabernæ* che soltanto i ricchi potevano permettersi.

I ricchi.

America... terra ricchissima e immensa.

Le parole di Valeria[163] gli risuonarono in testa come un invito troppo allettante per essere declinato, un'opportunità troppo ghiotta per essere ignorata. Se fosse riuscito a salvare la vita a Cæsar, sarebbe stato capace di convincerlo a varcare il Mare Oceanum e sbarcare in America? Forse no, ma aveva il dovere di provarci.

La luce tremula di una manciata di lumini alla sua sinistra attirò la sua attenzione. Era giunto a un bivio e, all'angolo, una statua marmorea di Venus dominava l'incrocio dall'alto del suo piedistallo. La pallida luce della luna rivelò un sorriso amabile sul volto candido della dea dell'amore.

Amore.

Valeria.

Il suo pensiero tornò istantaneamente a quella fanciulla con i capelli ricci e gli occhi di giada che lo aveva assistito, curato, aiutato. E gli era entrata nel cuore. Per sempre. Julianus si avvicinò alla statua di Venus e rivolse alla dea una muta preghiera, ripromettendosi di offrirle generosi doni e sacrifici il giorno seguente.

Si girò di scatto, fissando l'oscurità della strada dietro di sé. Non vedeva nessuno, eppure il suo cervello aveva registrato un movimento, un cambiamento impercettibile nel suo campo visivo. Con la mano destra estrasse istintivamente il *gladius* dalla guaina, pronto a reagire a

---

[163] Si veda il Capitolo 34 di CHANGING HISTORY.

qualsiasi minaccia gli si fosse parata davanti. Rimase immobile in silenzio per un paio di minuti, il *gladius* puntato davanti a sé, scandagliando le tenebre in cerca di sagome umane.

Ma non ne vide.

Ripose il *gladius* nel fodero e si affrettò a scendere il Mons Quirinalis, diretto verso il Forum Cæsaris. Era giunto in prossimità del Tullianum quando, all'improvviso, un grido squarciò il silenzio della notte.

***

Valerius era in attesa da una quindicina di minuti, immobile e muto, avvolto nell'oscurità di un'angusta e maleodorante stradina trasversale. Era questo il luogo che Julianus, nel loro colloquio a Colonia Crepsænsis, aveva indicato come teatro dell'aggressione da lui subita. Era da poco iniziata l'ultima delle tre ore della *tertia vigilia noctis*, l'ora in cui qualcuno avrebbe tentato di assassinarlo.

Un rumore crescente di passi pesanti e frettolosi segnalò l'approssimarsi di qualcuno. Pochi istanti dopo, il tenue chiarore lunare baluginò sull'elmo e la *lorica hamata* di un legionario. Occhi grandi e scuri, sopracciglia folte, naso minuto, leggera fossetta sul mento... Julianus, senza alcun dubbio. Il legionario avanzò veloce e deciso lungo l'ampia strada principale, sfilando a una manciata di passi da Valerius, acquattato nell'ombra del vicolo laterale. Qualche secondo dopo, una ventina di passi dietro a Julianus, una seconda figura emerse dall'oscurità. Indossava un lungo mantello di seta nera che arrivava fino alle caviglie, stretto in vita da una sottile cintura bianca. Un largo cappuccio gli celava il volto. Avanzava silenzioso e furtivo come un gatto in attesa di piombare sulla preda, gli stivaletti di pelle sfioravano le lastre di basalto della superficie stradale senza emettere alcun rumore se non un fruscio pressoché impercettibile.

Accadde tutto in pochi istanti.

L'uomo con il mantello sollevò il braccio destro, puntando alla testa di Julianus quella che a Valerius parve una pistola ionica. Valerius estrasse a sua volta la propria arma dalla fondina cosciale e sparò al volto dello sconosciuto, centrandolo. L'uomo urlò, un urlo animalesco di dolore e rabbia, mentre il dito indice destro premeva il grilletto. Julianus si voltò di scatto, ruotando il busto quel tanto che bastò perché il colpo del sicario, destinato altrimenti alla sua nuca, gli sfiorasse l'orecchio sinistro, perdendosi nell'oscurità. L'uomo con il mantello lasciò cadere la pistola e si portò le mani al volto straziato, per poi rovinare a terra, agonizzante. Julianus corse verso di lui e si inginocchiò accanto al corpo ormai privo di vita. Nonostante il viso dell'uomo fosse orrendamente sfigurato, ne riconobbe i singolari tratti somatici orientali e il particolare taglio degli occhi. Raccolse lo strano oggetto di metallo con cui lo sconosciuto aveva tentato di ucciderlo pochi istanti prima. Mai prima d'ora aveva visto un'arma del genere.

***

Valerius raggiunse l'estremità opposta del vicolo e rimase in silenzio nell'oscurità. Mille domande gli ronzavano in testa come un caotico e rumoroso sciame di api: *Chi era l'uomo con il mantello di seta? Chi lo aveva mandato? Veniva dal futuro? Qual era il motivo per cui aveva tentato di uccidere Julianus? Qualcun altro ci avrebbe riprovato?*

All'improvviso un lieve ronzio catturò la sua attenzione. S'immobilizzò immediatamente, guardandosi intorno con circospezione per individuare la fonte del rumore. Sollevò gli occhi verso l'alto e lo vide. Un minuscolo aeromobile grigio con quattro bracci stazionò qualche secondo sopra di lui, ondeggiando lievemente, per poi allontanarsi rapido in direzione del Mons Capitolinus.

«No-non è possibile», balbettò Valerius incredulo, gettandosi all'inseguimento di quell'inspiegabile oggetto volante.

29

Roma, Mons Capitolinus
a. d. V Eid. Mart., 710 a.U.c., Tertia Vigilia Noctis
(11 marzo 44 avanti Cristo, ore 1:53)
LINEA TEMPORALE COMUNE

Buio.

Come se tutte le fonti di luce—lampioni, riflettori, fari, insegne, lampadari, fanali—fossero state istantaneamente e simultaneamente spente, gettando la città in un'oscurità profonda e minacciosa, smorzata soltanto dalla tenue luce della luna e da una manciata di sparute fiammelle che ardevano flebilmente tra il Palatino e il Campidoglio.

L'aria era pregna dell'odore di legna bruciata e del profumo intenso dei pini marittimi che ammantavano le pendici del Campidoglio. Gli unici rumori udibili erano il fruscio delle chiome degli alberi e il latrato distante di un cane.

«Siamo veramente nel passato?» chiese Valeria, cercando di orientarsi nell'oscurità. Scorgeva alla sua destra la sagoma scura di una grande *insula* di quattro o cinque piani, laddove solo pochi istanti prima si ergeva la quattrocentesca chiesa di Santa Maria della Consolazione.

«Siamo nel 44 avanti Cristo», confermò Lara.

«Statemi vicini e non allontanatevi», ordinò Morlock, avviandosi cauto su per la collina buia. Gli altri tre si accodarono in silenzio, accompagnati dal sommesso scalpiccio delle suole di cuoio sulle lastre di basalto dell'erta strada che risaliva il fianco meridionale del Campidoglio.

«Cos'è quest'odore?» bisbigliò Valeria, dilatando le narici e annusando l'aria.

«Si direbbe formaggio», commentò Lara. «Probabilmente una *taberna casearia*[164] nell'*insula* qui sotto.»

«È terribile!» mormorò Valeria arricciando il naso disgustata. «Peggio dell'olezzo di calzini stagionati di mio fratello.»

«Fate silenzio!» le rimproverò Morlock a voce bassa.

I quattro proseguirono muti fino a uno sperone roccioso proteso sul sottostante Foro di Cesare. Lara si avvicinò cauta al bordo del dirupo. Ammaliata, scorse sotto di sé nella penombra il duplice portico colonnato che cingeva tre dei quattro lati della lunga piazza rettangolare, l'imponente Tempio di Venere Genitrice lungo il lato minore, la statua equestre di Giulio Cesare al centro del Foro.

Morlock estrasse il drone DJI Mavic 3 Cine dalla sacca di juta che portava sulla spalla. Dotato di una videocamera con zoom digitali sino a 28x, sensori anticollisione, batteria ai polimeri di litio da 5000 mAh, e un disco interno in grado di memorizzare sequenze 5K da un Terabyte, il piccolo quadricottero grigio pesava meno di un chilo.

Morlock armeggiò qualche minuto, impostando i parametri di volo e le configurazioni per le riprese aeree, dopodiché il piccolo drone si sollevò con un lieve ronzio e si diresse silenzioso verso il Quirinale, sorvolando il Foro

---

[164] *Caseificio, fabbrica di formaggi.* Il tanfo generato dalla produzione di latticini sembra essere stato spesso motivo di vivaci alterchi e chiassose liti, da cui ha probabilmente avuto origine il termine romanesco *caciara* (*trambusto, cagnara*).

136

di Cesare.

Valeria osservò affascinata il minuscolo velivolo allontanarsi e scomparire nell'oscurità. Improvvisamente un braccio la cinse con forza all'altezza della vita e una mano le premette un fazzoletto sulla bocca, impedendole di urlare. Un odore dolciastro le impregnò le narici, i rumori si fecero ovattati, la vista le si offuscò. E perse i sensi.

30

Roma, Mons Capitolinus
a. d. V Eid. Mart., 710 a.U.c., Tertia Vigilia Noctis
(11 marzo 44 avanti Cristo, ore 2:14)
LINEA TEMPORALE COMUNE

Il piccolo aeromobile grigio eseguì una rapida discesa verticale, arrestandosi in assetto orizzontale a un palmo dal suolo. Fluttuò quindi per qualche secondo, oscillando lievemente, per poi toccare dolcemente terra con le estremità dei suoi quattro bracci mobili. Le quattro eliche rallentarono progressivamente la rotazione fino a fermarsi del tutto.

Un uomo vestito di bianco uscì dall'oscurità e si diresse a passo svelto verso il velivolo, afferrandolo ancor prima che le pale delle eliche si arrestassero completamente.

Nonostante l'uomo fosse vestito come un cittadino romano dell'ottavo secolo[165], con un'elegante *toga* di lana di colore bianco avorio e un paio di *calcei* di cuoio neri, non c'era alcun dubbio che il futuristico oggetto volante appartenesse a un'altra epoca, decisamente più recente.

«Ehi, tu! Fermati!» gridò Valerius all'uomo, sbucando all'improvviso da dietro la colonna dove era rimasto nascosto fino a quel momento.

L'uomo si fermò di colpo e, sorpreso, girò la testa nella direzione da cui era giunta la voce. Fissò intensamente il volto di Valerius, corrucciando lievemente la fronte, come se la sua mente stesse elaborando le informazioni

---

[165] *Ab Urbe condita.*

trasmesse dagli occhi e cercasse di trarne una spiegazione plausibile. Improvvisamente gli occhi dell'uomo si spalancarono e la bocca si dischiuse leggermente, per arcuarsi subito dopo in un largo e gioioso sorriso.

«*Salve, Valeri!*[166]» esclamò una voce maschile, grave e profonda, proveniente dall'oscurità alle spalle dell'uomo con l'aeromobile.

Valerius rimase interdetto. Non riusciva a scorgere l'uomo che lo aveva appena salutato. Ma ne aveva riconosciuto la voce. Sembrava lievemente più rauca, ma era una voce a lui decisamente familiare. La stessa voce che aveva sentito poco prima di varcare il cronoportale.

«Pli-Plinius?» balbettò, incredulo e confuso.

«Bentrovato, amico mio! Ti stavo aspettando!» esclamò allegramente Plinius, emergendo dall'ombra e allargando le braccia verso Valerius in un affettuoso gesto di abbraccio.

«Sembri più... come dire...»

«Vecchio? Che brutta parola, amico mio! Diciamo che sono un po' più *grande*[167] rispetto all'ultima volta che mi hai visto. Suona meglio, non trovi?»

I capelli di Plinius erano brizzolati e radi, la fronte stempiata. Leggere rughe marcavano i bordi esterni degli occhi.

«Mi hai seguito? Per quale motivo? Se lo desideravi, saresti potuto venire semplicemente con me quando ho attraversato il cronoportale.»

«No, non ti ho seguito. A voler essere precisi, sono arrivato in quest'epoca qualche minuto prima di te»,

---

[166] *Salute, Valerio!*
[167] Anche nella Roma di oggi il termine *vecchio* riferito a una persona è percepito generalmente come scortese e si preferisce piuttosto usare l'aggettivo *grande* per indicare la maggiore età.

139

ribatté il senatore in tono gioviale. «Ma non sono lo stesso Plinius che hai lasciato nel 2803[168].»

Valerius comprese.

«Vieni dal futuro.»

Era un'affermazione, non una domanda.

«Futuro... passato...» sentenziò Plinius, alzando le spalle e roteando con noncuranza la mano destra. «La tua invenzione, amico mio, li ha resi dei concetti *relativi*. Relativi alle singole entità, siano queste esseri viventi oppure oggetti inanimati. Gli esseri viventi nascono, crescono, muoiono. Gli oggetti inanimati seguono un simile processo di creazione, deterioramento e trasformazione in qualcosa di diverso. Per tutte queste singole entità il tempo scorre in un'unica direzione, e non c'è modo di arrestarlo o di invertirne il senso di scorrimento. Non importa quanti salti temporali ciascuno di noi faccia, e in quante o quali epoche trascorra la propria esistenza terrena, il nostro orologio biologico scorrerà sempre nell'unica direzione possibile. *Pulvis sumus, et in pulverem revertemur*[169]», sentenziò Plinius, allargando le braccia in un teatrale gesto di rassegnazione e impotenza, i palmi delle mani rivolti verso l'alto. «Per la collettività, tuttavia, futuro e passato continuano ad avere un significato ben preciso e assoluto. Come società, continuiamo a contare il trascorrere degli anni a partire dalla fondazione dell'Urbe, e non c'è dubbio che il 2803 venga prima del 2804 e dopo il 2802.»

«E mi par di capire che tu venga da un anno successivo al 2803», lo interruppe Valerius.

Nonostante fosse legato a Plinius da una lunga e profonda amicizia, Valerius era spesso insofferente

---

[168] 2050 dopo Cristo.
[169] Polvere siamo e polvere ritorneremo.

all'irrefrenabile logorrea che contraddistingueva l'esuberante politico.

«Esatto! Vengo dal 2821[170]. Ho da poco compiuto quarantacinque anni.»

«Strano...» esclamò Valerius, accarezzandosi il mento con pollice e indice della mano destra. «Avrei messo la mano sul fuoco che il senatore Flavianus sarebbe riuscito a proibire i viaggi nel tempo.[171]»

«E non avresti fatto la fine di Gaius Mucius[172], per tua fortuna!» ribatté Plinius in tono faceto, accompagnando la battuta con una poderosa pacca sulla spalla di Valerius che, colto alla sprovvista, vacillò pericolosamente. «La proposta di legge di Flavianus è stata approvata e ratificata dal Senato il giorno delle calende di settembre del 2803[173]. Poco più di cinque mesi dopo l'annuncio del successo del tuo primo esperimento. Ed è stata sempre in vigore da allora.»

«D'accordo, mi arrendo!» Valerius sollevò in alto le mani in segno di resa. «Sei riuscito a incuriosirmi. Spiegami dunque per quale motivo hai violato la legge per venire qui, nel 710. E non da solo, mi par di capire», aggiunse, facendo un cenno con il braccio destro in direzione dell'uomo con l'aeromobile, che nel frattempo si era dileguato nel buio.

---

[170] 2068 dopo Cristo.

[171] Si veda il Capitolo 37 di CHANGING HISTORY.

[172] La leggenda narra che nel 508 a.C., durante l'assedio di Roma da parte dell'esercito etrusco del re Porsenna, il giovane aristocratico romano Gaius Mucius Cordus si infiltrò nell'accampamento nemico con l'obiettivo di uccidere Porsenna. Dopo aver assassinato per errore lo scriba del re, Mucius punì la sua mano destra infilandola in un braciere acceso, assumendo, da allora, il cognomen di Scævola (il mancino).

[173] Il primo settembre del 2050 dopo Cristo.

141

Plinius sorrise, non facendo nulla per celare la propria soddisfazione. Adorava solleticare la curiosità delle persone, vederle fremere in attesa di risposte, pendere dalle sue labbra come uccellini appena nati in attesa di ricevere il cibo dal becco della madre. Non era nel denaro o nelle ricchezze materiali il vero potere. Vent'anni e più di vita politica glielo avevano insegnato. Era nelle informazioni di cui si poteva disporre e che si era in grado di controllare. E, da quel punto di vista, Plinius era uno degli uomini più potenti al mondo.

«Nessuno di noi ha violato la legge. *Quella* legge, se non altro», precisò il senatore ridacchiando.

«*Noi* chi, Plinius? Chi siete tu e quell'altro uomo che ho visto poco fa? Perché siete qui? Chi vi manda?»

«Quante domande, amico mio!» esclamò Plinius gesticolando enfaticamente. Poi si fece improvvisamente serio e, guardando Valerius dritto negli occhi, continuò in tono grave. «Pochi sono al corrente della nostra esistenza. Per la maggior parte dei cittadini della *Fœderatio* noi non esistiamo né siamo mai esistiti. Qualcuno ci chiama *Vigiles*, qualcuno *Custodes*. Il nostro vero nome, tuttavia, è *Arcani*.»

31

Roma, piazza della Consolazione
11 marzo 2022, ore 2:17
LINEA TEMPORALE ORIGINALE

Carlo passeggiava nervosamente avanti e indietro sul lastricato in sanpietrini di piazza della Consolazione, fissando in maniera compulsiva il lento movimento rotatorio delle lancette del suo orologio da polso Breil Tribe. Il tempo sembrava scorrere al rallentatore. Non riusciva a credere che fossero passate soltanto poco più di quattro ore da quando quell'assurda avventura aveva avuto inizio. Da quando, con la sorella, aveva udito il fragore di uno schianto all'estremità inferiore di via Piemonte.[174]

L'incidente!

Carlo si portò istintivamente la mano alla fronte, in un gesto di stizza per non essersene ricordato prima. Estrasse il suo Samsung S7 dalla tasca posteriore destra dei jeans e fece una rapida ricerca con Google per trovare il numero di telefono che gli serviva. Selezionò l'app *Fotocamera* e, individuata la foto che gli interessava, compose il numero di telefono che aveva appena trovato con Google.

«Figliolo, sono le due e venti del mattino. A chi stai telefonando?» domandò don Renato, che si era materializzato alle sue spalle silenzioso come una faina.

Dopo un breve sussulto dovuto alla sorpresa, Carlo si portò il dito indice sinistro alle labbra facendo segno al sacerdote di non parlare. Una voce femminile rispose al

---

[174] Si veda il Capitolo 23 di CHANGING HISTORY.

secondo squillo.

«È il Corpo di Polizia Locale di Roma Capitale? Buonasera. Volevo segnalare un incidente stradale.»

Carlo attese qualche secondo, mentre l'operatrice trasferiva la chiamata a chi di dovere.

«Buonasera. Sì, volevo segnalare un incidente.»

Seguì un breve silenzio. Don Renato non riusciva a sentire la voce dell'operatore, ma intuì che questi stesse formulando una domanda.

«No, sono un testimone. Il responsabile è fuggito dopo il sinistro.»

Nella mente di Carlo si materializzò il ricordo del veicolo che ripartiva sgommando e, a pochi metri da lui, svoltava bruscamente su via Sallustiana.

«Una sola automobile. Un Maggiolino di colore arancione. Ho preso il numero di targa. Solo un istante.»

Carlo guardò lo smartphone e lesse a voce alta il numero di targa dalla foto che aveva precedentemente selezionato.

«Roma. Quattro. Otto. Tre. Otto. Sette. Otto.»

Si portò nuovamente lo smartphone all'orecchio destro e proseguì la conversazione.

«All'incrocio tra via Piemonte, via Carducci e via Salandra. Rione Ludovisi. Dopo l'incidente il Maggiolino è fuggito verso via Veneto.»

L'operatore continuava a digitare con tale violenza che Carlo dovette allontanare il telefono di un paio di centimetri dall'orecchio per attutire il rumore assordante dei colpi sulla tastiera.

«Poco dopo le ventidue. Verso le ventidue e dieci, direi. Non so l'ora precisa.»

Guardò istintivamente l'orologio. Erano le due e diciannove.

«Perché non vi ho chiamati subito? Ehm... Ho avuto un'emergenza con mia sorella», cercò di giustificarsi. In fondo, non era del tutto una bugia.

L'operatore non sembrò molto convinto, ma proseguì con le domande.

«Sì, un ferito.»

Carlo ricordò come la sorella avesse prestato soccorso al legionario armata di disinfettante, cerotto a nastro e garza sterile.

«Un'escoriazione al ginocchio sinistro e un taglio sopra il sopracciglio sinistro. Probabilmente anche una o due costole rotte. No. Non so dove sia adesso. Si è rialzato poco dopo l'incidente e se n'è andato con le sue gambe.»

...*puntandoci una spada alla schiena*, avrebbe voluto aggiungere.

«Descriverlo?»

Ecco, adesso mi prenderanno per pazzo, pensò.

«Allora... non molto alto. Un metro e sessanta centimetri circa. No, non settanta. Sessanta. Sei-zero. Capelli neri, leggermente mossi. Occhi scuri. Marroni o neri, credo. Non ci ho fatto caso. Straniero?»

Mo che gli dico?, si chiese.

«Sì, credo di sì. Si è espresso in una lingua che non conosco.»

Meglio non dirgli che parlava latino...

«No, la lingua non era né tedesco, né spagnolo. Forse romeno», tagliò corto, un po' a disagio.

«Com'era vestito?»

Ahia! Glielo dico o no?

«Era vestito da legionario romano, con tanto di elmo e spada. No! Giuro che non la sto prendendo in giro! Era veramente vestito da legionario! Forse era stato a una festa

145

in maschera, o a un raduno di *cosplayers*[175]», improvvisò.

«Il mio nome? Carlo. Carlo Betti. Bi-e-ti-ti-i», scandì.

«Sì, sono nato a Roma. 24 agosto 1997. Dove abito? Via Firenze numero 32.»

Stava sudando per il nervoso.

«Sì, naturalmente. Resto a sua disposizione. Mi può raggiungere al numero di cellulare da cui sto chiamando. Grazie a lei. Arrivederci.»

Carlo si passò una mano sulla fronte, imperlata di sudore.

«Hai fatto la cosa giusta», gli disse don Renato, con un sorriso d'approvazione.

Carlo guardò nuovamente l'orologio. Erano passati solo due minuti da quando l'aveva guardato l'ultima volta. Mancavano ancora due ore e quaranta minuti al ritorno della sorella e degli altri tre viaggiatori nel tempo. Rivolse lo sguardo all'elegante facciata in travertino della Chiesa di Santa Maria della Consolazione, che si affacciava sul lato nordorientale della piazza. E tacitamente pregò la Vergine di proteggere sua sorella e farla tornare a casa sana e salva.

Don Renato sembrò leggergli nel pensiero e, cingendogli le spalle con il braccio destro, mormorò con voce dolce: «Tornerà, figliolo. Tornerà presto.»

---

[175] Con il termine *cosplayer* ci si riferisce a chi ama indossare i costumi di personaggi di film, fumetti, cartoni animati, videogiochi, ecc.

32

Roma, Mons Capitolinus
a. d. V Eid. Mart., 710 a.U.c., Tertia Vigilia Noctis
(11 marzo 44 avanti Cristo, ore 2:21)
LINEA TEMPORALE COMUNE

«*Arcani?*» ripeté Valerius, sollevando perplesso entrambe le sopracciglia.

«Pochi giorni prima che il Senato ratificasse la proposta di legge di Flavianus e che quindi i viaggi nel tempo venissero ufficialmente banditi, il Comitato per la Sicurezza Federale istituì la Guardia Arcana, un corpo segreto di agenti scelti agli ordini diretti del Comandante della *Fœderatio*», spiegò Plinius. «Il compito degli Arcani è quello di salvaguardare la nostra linea temporale, monitorando costantemente le *cronosingolarità* e intervenendo laddove necessario per ristabilire la corretta successione degli eventi.»

«Cronosingolarità?» chiese Valerius, smarrito.

«Punti di divergenza temporale», chiarì Plinius con un sorriso. «È un termine che tu stesso hai coniato, amico mio. O meglio, lo farai tra qualche anno», ridacchiò il senatore. «Una cronosingolarità si verifica qualora lo stesso evento conduca a due o più esiti differenti, ciascuno dei quali sviluppa una linea temporale autonoma.»

Il senatore fece una breve pausa, dando all'amico la possibilità di elaborare le informazioni ricevute.

«Universi paralleli?» chiese Valerius, rivolto più a se stesso che a Plinius.

«Esattamente! Ogni cronosingolarità è come un'intersezione da cui si diramano strade identiche ma con differenti percorsi e destinazioni. Ognuna di queste strade è un universo a sé, parallelo agli altri ma da questi nettamente separato.»

Plinius allungò gli indici di entrambe le mani, che mosse lentamente verso l'alto seguendo due immaginari percorsi paralleli. «In diciotto anni la Guardia Arcana ha individuato una mezza dozzina di cronosingolarità, ciascuna delle quali è tenuta sotto costante osservazione dai nostri agenti. La cronosingolarità più importante, e che ha richiesto il nostro impegno maggiore, è quella che si è venuta a creare tra il sesto e il quinto giorno prima delle idi di marzo del 710.»

«Ovverosia, questa notte», si inserì Valerius.

«Esatto, amico mio!» si rallegrò Plinius, che assestò con la mano destra una nuova, potente pacca sulla spalla dell'amico. Questa volta, però, Valerius la vide arrivare e riuscì a mantenere la posizione eretta senza barcollare eccessivamente.

«So che può risultare difficile crederlo», riprese Plinius gesticolando con la mano destra, che Valerius seguiva attentamente con uno sguardo un po' intimorito. «Tuttavia, gli eventi di questa notte avranno ripercussioni sostanziali su ciò che accadrà il giorno delle idi di marzo. La congiura ordita da un gruppo di senatori condurrà infatti a due esiti diametralmente opposti, che daranno origine a due linee temporali alternative. Una di queste è quella a noi nota. Cæsar, informato da Publius Liburnius Julianus, scamperà all'aggressione, uno schiavo a lui somigliante verrà assassinato al suo posto, e i senatori, scoperti, si toglieranno la vita o verranno crocifissi. Negli anni successivi, Cæsar sconfiggerà i Parti, conquisterà la Dacia,

148

e sottometterà i Germani. La *Legio XII*, guidata da Julianus, attraverserà il Mare Oceanum e darà inizio all'invasione della Julia. È la storia che ciascuno di noi ha studiato a scuola, e che porta al mondo che tu ed io conosciamo.»

«Tuttavia, esiste una seconda linea temporale», commentò Valerius. «È questo il futuro che ha visto Julianus?»

«Precisamente. In questa linea temporale alternativa i congiurati riusciranno nel loro intento, e Cæsar verrà pugnalato a morte. La conquista della Julia avverrà oltre quindici secoli più tardi, e avrà luogo in un contesto geopolitico completamente differente. Un contesto in cui Roma avrà da tempo cessato di dominare. Quest'universo parallelo, se vogliamo chiamarlo così, nell'epoca coeva a quella in cui tu ed io siamo nati e cresciuti, sarà dominato da una ex colonia dei Britanni nella Julia Septentrionalis, un'unione di Stati nota attraverso la sigla u-esse-a.»

«U-esse-a?»

«Stati Uniti d'America. Nonostante fosse in passato una colonia britannica, quest'unione di Stati deve il suo nome ad Amerigo Vespucci, un esploratore nativo della penisola italica.»

Un tassello trovò improvvisamente la sua giusta collocazione nel puzzle di informazioni che la mente di Valerius aveva assorbito nelle ultime ore.

«U-esse-a! USA! Una delle tre scritte misteriose sulla *pyroballista* di Porta Collina! Quell'arma appartiene a loro, non è vero? Ai *neobritanni*?»

«Americani. Si fanno chiamare Americani», precisò Plinius con un sorriso. «Comunque, la risposta è *sì*. La *pyroballista* appartiene a loro.»

«Anche il velivolo che ho seguito non è vostro...»

149

«No.»

«Sono qui anche loro?»

«Sì. Si illudono di poter impedire che Julianus avverta Cæsar della congiura dei senatori contro di lui», ridacchiò Plinius, quasi l'idea lo divertisse.

«Sono stati loro a tentare di assassinare Julianus pochi minuti fa?»

«No.»

«Chi allora?»

«I Sinoani.»

«Anche i Sinoani sono in grado di viaggiare nel tempo?» chiese Valerius, allarmato.

«Sono riusciti a mettere le mani su uno dei nostri cronoportali», disse Plinius a denti stretti, la collera palese nella sua voce. «Ma non per molto, te lo assicuro.»

«Quindi... la *pyroballista* di Porta Collina non è la stessa arma con cui l'agente sinoano ha cercato di uccidere Julianus.»

«No.»

Il senatore rivolse lo sguardo al cielo, da dove una pallida luna proiettava una diafana luce argentina sul Mons Capitolinus. Inspirò a pieni polmoni l'aria fresca della notte e chiuse gli occhi, lasciando che il vento di ponente gli accarezzasse il volto.

«C'è qualcosa che devi vedere, amico mio», disse poi. «Lucius! Vieni avanti», ordinò in tono fermo e grave.

Dall'oscurità alle sue spalle emerse un uomo. Valerius non riusciva a distinguerne i dettagli del volto, dal momento che lo sconosciuto dava le spalle alla luna. Poteva essere lo stesso uomo che aveva recuperato il piccolo aeromobile qualche minuto prima, ma non ne era certo. Notò soltanto che indossava una toga bianca e dei *calcei* neri.

150

Ma non furono né l'abbigliamento né i tratti somatici dell'uomo a catturare l'attenzione di Valerius. Fu quello che—o meglio *chi*—teneva fra le braccia.

E il cuore di Valerius mancò un battito.

33

Roma, Ambasciata degli Stati Uniti
11 marzo 2022, ore 02:21
LINEA TEMPORALE ORIGINALE

Il sergente Fernández sbatté le palpebre e aprì lentamente gli occhi. L'intensa luce della lampada scialitica montata sul soffitto gli procurò un leggero fastidio.

«*How do you feel?*[176]»

Riconobbe la voce del dottor Frink, anche se i suoni gli giungevano ovattati e confusi. Cercò di mettere a fuoco l'uomo in camice bianco in piedi accanto al letto, alla sua sinistra, ma l'immagine gli apparve offuscata e leggermente distorta, quasi sdoppiata. Si sentiva stordito, confuso. Avvertiva pesantezza alla testa, nausea, una sensazione di instabilità e vertigine.

«*Another day in Paradise*[177]», rispose, abbozzando un sorriso in direzione del medico. La sua voce era impastata e le poche parole che riuscì a pronunciare uscirono biascicate. Una maschera di Venturi gli copriva naso e bocca, garantendogli un'erogazione costante di ossigeno, ma ostacolandogli ulteriormente l'eloquio.

Le sue labbra si contorsero in una smorfia quando avvertì una fitta di dolore al fianco sinistro, dov'era stato pugnalato.[178] Ricordava con angoscia i momenti concitati

---

[176] *Come si sente?*
[177] *Un altro giorno in Paradiso.*
[178] Si veda il Capitolo 13 di CHANGING HISTORY.

152

che ne erano seguiti: il dolore lancinante, la voce angosciata di Lara, la corsa estenuante nel buio su per la collina, le grida del legionario che li inseguiva e intimava loro di fermarsi, la membrana acquosa dell'anello di fronte a loro. Non ricordava nulla di quanto fosse accaduto successivamente. Doveva aver perduto i sensi subito dopo aver varcato il portale.

«Le abbiamo dato degli analgesici, ma purtroppo il dolore non sparisce del tutto», disse Frink. «L'intervento si è rivelato un po' più complesso del previsto, ma è riuscito perfettamente. Abbiamo eseguito una laparotomia esplorativa seguita da resezione con anastomosi di più anse intestinali.»

«*That's all Greek to me*[179]», si lamentò Fernández.

«*I'm sorry!*[180] In parole povere, abbiamo praticato un'incisione chirurgica nel suo addome per poter valutare i danni provocati dalla lama sugli organi interni. Il colpo non ha intaccato altri organi, ma ha perforato l'intestino in più punti, il che ha richiesto l'asportazione dei segmenti intestinali lesionati e la successiva connessione dei segmenti intatti per consentire la ricanalizzazione intestinale.»

Fernández fece un cenno di assenso con la testa sebbene non avesse capito molto di più rispetto a prima.

Le immagini cominciarono a farsi più nitide e riuscì finalmente a distinguere i penetranti occhi azzurri del dottore.

Si guardò intorno.

Sulla destra del letto, vicino alla testiera, torreggiava un macchinario per l'anestesia di marca Dräger. Uno dei due monitor dell'apparecchio mostrava, con colori diversi, il

---

[179] *Non ho capito niente* (letteralmente: *Per me è tutto greco*).
[180] *Mi scusi.*

tracciato elettrocardiografico, il valore della pressione arteriosa, e la curva della saturimetria, che visualizza il livello di ossigenazione del sangue.

«I valori sono buoni. Pressione arteriosa bassa e frequenza cardiaca leggermente più elevata sono del tutto normali dopo un intervento come il suo», lo tranquillizzò Frink. «Ha perso molto sangue», continuò il dottore, indicando le sacche di sangue e plasma collegate alla vena giugulare interna di Fernández mediante il catetere venoso centrale, un tubicino flessibile lungo e sottile inserito nella parte destra del collo del *marine*. «Si riprenderà presto. È in buone mani», aggiunse Frink con un sorriso e un pizzico di presunzione.

Fernández vide gli abiti che aveva indossato qualche ora prima, durante il suo viaggio nel passato. La tunica bianca, ancora impregnata di sangue, era poggiata sullo schienale di una sedia metallica di colore azzurro, la cintura di stoffa riposta sul sedile. I *calcei* erano allineati ordinatamente sotto la sedia.

Frink seguì con gli occhi lo sguardo del *marine*. «Le faremo portare quanto prima i suoi vestiti abituali, non si preoccupi.»

«Dov'è la mia pistola?» chiese Fernández.

«Quale pistola? Quando l'hanno portata qui non aveva con lei nessuna pistola.»

Gli occhi dei due uomini si incontrarono. Ciascuno dei due lesse nel volto allarmato dell'altro lo stesso, inquietante pensiero.

34

Roma, 2065 anni e qualche ora prima
LINEA TEMPORALE COMUNE

«*Malum!*[181]» imprecò Ursus, scuotendo la testa con disappunto. Udì il soldato intimare a gran voce ai fuggitivi di fermarsi, inseguendoli su per la collina e scomparendo anch'egli nell'oscurità.

Ursus, gestore della *popina*, rientrò mestamente nel suo locale. Gli avventori si erano dileguati, ovviamente senza pagare.

«*Malum!*» ripeté, digrignando i denti per la stizza.

Sul pavimento giacevano sparpagliati frammenti di *patellæ*, *crateres* e *pocula*[182], posate, resti di cibo, chiazze di olio e di vino.

Ursus si accinse a raccogliere i cocci, sconsolato, quando un oggetto di metallo, proprio sotto al tavolo dove si erano seduti i due *peregrini*[183], attirò la sua attenzione.

Era un oggetto grigio scuro, quasi nero, dalla curiosa forma a "L". Il gestore della *popina* si chinò per raccoglierlo, appoggiandosi con il braccio destro al tavolo per non perdere l'equilibrio. Rialzatosi, rigirò con curiosità lo strano oggetto tra le mani, soppesandolo.

Doveva pesare all'incirca un paio di *libræ*[184] ed era

---

[181] *Maledizione!*
[182] Rispettivamente *piatti*, *brocche* e *bicchieri*.
[183] *Stranieri*.
[184] Una *libra* corrisponde a 327,168 grammi.

155

lungo poco più di due *palmi*[185]. A un'estremità presentava un foro circolare, di cui Ursus non comprese lo scopo. In corrispondenza dell'angolo retto tra i due lati della "L" vi era una specie di anellino, anch'esso di metallo, abbastanza grande da potervi inserire un dito. Ursus vi infilò l'indice destro, tozzo e grassoccio, ed esercitò una leggera pressione sulla linguetta mobile all'interno dell'anellino. Non accadde nulla.

Ursus annusò l'oggetto, poi ne sfiorò la superficie levigata con i polpastrelli della mano destra. Notò che sulla parte sinistra del lato lungo erano incise delle lettere e dei simboli. Inframmezzati da altri simboli a lui ignoti, riconobbe tre distinti gruppi di lettere: OCK, USA, e AUSTRIA. Interpretò quest'ultima parola come un riferimento al vento del sud[186].

Decise che quel bizzarro oggetto, dalla fattura così precisa ed elaborata, potesse valere un po' di soldi, forse abbastanza da ripagarlo di tutte le perdite e i danni subiti in quella sventurata notte. Si avvicinò al bancone, si inginocchiò, si guardò intorno guardingo, quindi sollevò una delle lastre di terracotta del pavimento, rivelando un piccolo vano nascosto contenente una dozzina di monete d'oro. Pose l'oggetto accanto alla pila di monete, collocò nuovamente la lastra sopra il vano, e si allontanò soddisfatto sfregandosi le mani.

Non poteva immaginare che il piccolo vano segreto sotto al pavimento avrebbe celato la Glock del sergente Fernández per oltre diciotto secoli, fino a quando la misteriosa arma, rinvenuta casualmente durante uno scavo

---

[185] Un *palmus* corrisponde a 7,41 centimetri.
[186] *Auster* (Austro) è per i Romani il vento del sud. La prima menzione scritta del nome *Austria* per indicare un territorio geografico risale appena al 796 dopo Cristo.

archeologico, divenne conosciuta in tutto il mondo come la "*pyroballista* di Porta Collina".

Il mattino seguente, Ursus venne travolto e ucciso da un carro a poche decine di passi dalla *popina*. L'uomo alla guida del veicolo aveva una vistosa cicatrice sulla guancia sinistra.

35

Roma, vico Jugario
11 marzo 2022, ore 2:23
LINEA TEMPORALE ORIGINALE

Annibale Cazzulati risalì barcollando il vico Jugario, il cartone di vino Tavernello ormai quasi vuoto stretto gelosamente nella mano destra. Lunghi capelli castani raccolti in una coda di cavallo e grandi occhi marroni spenti dall'alcol e dagli eccessi di una vita sregolata, il trentaquattrenne Cazzulati viveva alla giornata, senza impegni e senza programmi. Artista di strada, come amava egli stesso definirsi, si guadagnava il poco che gli bastava per sopravvivere facendo ritratti a carboncino ai turisti o suonando lo xilofono lungo via dei Fori Imperiali. Nativo di Sora, nel Frusinate, si era trasferito a Roma poco più di tre anni prima, e da allora passava le notti all'addiaccio in un sacco a pelo ai margini di via di Monte Caprino, a una decina di metri dal vico Jugario.

Cazzulati avanzò ondeggiando a passo incerto lungo la via, diretto verso il *nasone*[187] più vicino. Si era svegliato ancora stordito dall'ubriacatura della sera prima, con la bocca impastata e una sete furiosa.

Raggiunta piazza della Consolazione, udì un parlottare sommesso provenire dalla rampa di scale che collega la

---

[187] Il *nasone*, un simbolo della città di Roma, è una fontanella pubblica di acqua potabile, di forma cilindrica e dotata di rubinetto ricurvo, spesso con un foro circolare al centro, che richiama la forma di un grande naso.

piazza a via di Monte Tarpeo.

Si trattava di almeno tre voci distinte, forse quattro. Una era senza dubbio quella di una donna. Non sembravano parlare in italiano. Era ancora troppo lontano da loro per riuscire a distinguere le parole, ma dall'accento e dai suoni ipotizzò che dovesse trattarsi di inglese, presumibilmente nella sua variante americana.

Bene! Forse tiro su un par d'euri, pensò.

Vivendo sostanzialmente grazie alle donazioni dei passanti, Cazzulati aveva avuto modo di constatare come gli Americani fossero solitamente tra i più generosi quando si trattava di lasciare un'offerta per un ritratto a carboncino oppure un'esibizione con lo xilofono.

Due furgoni bianchi identici erano parcheggiati uno dietro all'altro alla base della scalinata e nascondevano gli sconosciuti alla sua vista.

Cazzulati si avvicinò speranzoso.

***

«*The drone is gonna spot him*[188]», sentenziò il maggiore Young.

«*Let's hope it does. The alternative is...*[189]»

La McDougall non terminò la frase, sorpresa dall'improvvisa apparizione di un uomo alto e magro, con i capelli scuri raccolti in una coda di cavallo. L'uomo aveva un aspetto trasandato, vestiva abiti sgualciti e la sua igiene personale dava l'impressione di essere alquanto discutibile. Un odore sgradevole, quasi selvatico, raggiunse le narici della McDougall un attimo prima che

---

[188] *Il drone lo individuerà.*
[189] *Speriamo lo faccia. L'alternativa è...*

159

l'uomo aprisse bocca per rivolgersi al maggiore Young.

«*Capo, m'arzi du' spicci?*[190]» chiese Cazzulati biascicando le parole.

Young, March, Hott e la McDougall lo guardarono smarriti.

«Vi sta chiedendo se gli date qualche monetina», intervenne Carlo, seduto su uno dei blocchi di tufo sui quali era installata l'inferriata grigia che delimitava l'area archeologica del Campidoglio. Don Renato era in piedi alla sua sinistra, la schiena appoggiata all'inferriata.

«*Anvedi che ficata!*» esclamò Cazzulati, scorgendo solo in quell'istante il grande anello di metallo dietro i due furgoni. «*Che ce sta, lo Stargate?*[191]» domandò, avvicinandosi all'anello e allungando il braccio destro per toccarlo.

«Si allontani, per favore», gli ordinò il maggiore Young in italiano, frapponendosi tra l'anello e il nuovo arrivato.

«*Ve fa viaggia' nello spazio?*»

«No. No spazio, solo tempo», lo corresse March in un italiano un po' incerto.

Young lo fulminò con lo sguardo.

«*E 'ndo ve porta? Nell'Antico Egitto, come ner film?*»

«No Antico Egitto. Antica Roma», intervenne nuovamente March.

«*SHUT UP!*[192]» abbaiò il maggiore Young al suo sottoposto. Quindi estrasse il portafoglio dalla tasca posteriore dei calzoni, tirò fuori una banconota da dieci euro, e la porse al clochard. Cingendogli le spalle con il

---

[190] *Mi dai qualche spiccio?* [dialettale]
[191] Il riferimento è al film *Stargate – La porta delle stelle* di Roland Emmerich con Kurt Russell e James Spader, e alle successive serie televisive *Stargate SG-1* e *Stargate Atlantis*.
[192] *Stai zitto!*

braccio sinistro, lo invitò ad allontanarsi. «Stiamo girando un film», mentì, con un forte accento americano. «La produzione le offre da bere.»

«*Gajardo!*» esclamò Cazzulati, i cui occhi si erano improvvisamente illuminati alla vista della banconota rossa. Si era già allontanato di qualche metro quando sembrò avere come un ripensamento. Si fermò di colpo e, voltandosi indietro, chiese a voce alta: «*Come se chiama er film che state a gira'?*»

«CHANGING HISTORY», rispose la voce del maggiore Young.

36

Roma, Mons Capitolinus
a. d. V Eid. Mart., 710 a.U.c., Tertia Vigilia Noctis
(11 marzo 44 avanti Cristo, ore 2:24)
LINEA TEMPORALE COMUNE

Valerius si avvicinò titubante allo sconosciuto, senza distogliere un attimo gli occhi dalla giovane donna che questi teneva tra le braccia.

Il capo di lei era delicatamente adagiato sul bicipite destro dell'uomo. Lunghi riccioli castani le accarezzavano la guancia destra e si sparpagliavano vaporosi sul collo sottile e sulle spalle, avvolgendo nel loro abbraccio leggero anche il braccio destro dello sconosciuto. Indossava una stola di lana di un colore verde intenso, stretta in vita e sotto i seni da due cinture di corda dorate. Ai piedi portava dei sandali di cuoio di color marrone chiaro. La luce della luna le illuminava il volto, mettendone in risalto la carnagione chiara e gli zigomi alti. La donna sembrava addormentata, le palpebre abbassate, la bocca leggermente dischiusa. Il respiro, lieve e regolare, le sollevava ritmicamente il grembo, su cui erano adagiate le mani, la destra nella sinistra.

Valerius allungò la mano destra, esitante, e sfiorò dolcemente i boccoli della giovane donna. Accarezzò teneramente una ciocca di capelli con i polpastrelli delle dita, la mano leggermente tremante per l'emozione.

Quante volte aveva contemplato quella stessa immagine? Quante volte ne aveva analizzato ogni minimo dettaglio alla ricerca di risposte alle sue mille domande? Quante volte si era chiesto, invano, dove, quando, da chi fosse stato scattato quel *folux*, chi fosse l'uomo di cui si intravedevano solo il busto e le braccia?

«Tu sai già chi è questa donna», gli sussurrò Plinius, affiancandosi a lui e interrompendo i suoi pensieri.

«Sì», disse Valerius, senza distogliere gli occhi lucidi dal volto della donna addormentata. «È mia madre.»

37

Roma, Corpo di Polizia Locale di Roma Capitale
11 marzo 2022, ore 2:24
LINEA TEMPORALE ORIGINALE

Non appena il comandante Tommaso Cassani inserì la moneta da cinquanta centesimi nell'apposita fessura, un rumore di parti meccaniche in movimento e un gorgoglio sommesso annunciarono l'avvio del processo di erogazione della bevanda selezionata. Cassani attese sonnecchiando che il distributore automatico terminasse la sequenza di operazioni predefinite, quindi, appoggiandosi con la spalla destra all'apparecchio, protese stancamente il braccio sinistro e afferrò il bicchierino bianco di plastica riempito per metà di caffè nero fumante. Senza latte e con una generosa dose di zucchero, come piaceva a lui.

L'intruglio nero propinato dal distributore automatico non era minimamente paragonabile al cremoso e profumato caffè che la moglie gli preparava amorevolmente per colazione quando non era assegnato al turno di notte, ma non era il caso di essere troppo schizzinosi. Aveva disperatamente bisogno di altra caffeina. In aggiunta alla consueta dose quotidiana di vetture in divieto di sosta, atti vandalici, incidenti stradali, e segnalazioni di semafori guasti, quella notte si era verificata una serie di eventi alquanto bizzarri.

Dapprima un giovane turista svizzero aveva denunciato di essere stato travolto sul marciapiede di via Quintino Sella da un uomo in fuga vestito da legionario romano. In seguito allo spintone ricevuto, lo Svizzero era

164

rovinosamente franato su una massiccia deiezione canina che ne aveva scatenato l'ira e le conseguenti minacce di coinvolgere l'ambasciata elvetica qualora non gli fosse resa immediata giustizia.

Successivamente, una maestra elementare in pensione residente in via Sallustiana aveva annunciato, profondamente allarmata, l'*"invasione di Roma da parte di truppe americane"*. L'arzilla pensionata si era poi corretta, aggiungendo che si sarebbe potuto anche trattare di militari britannici, o forse addirittura australiani o neozelandesi, scusandosi più volte per non essere riuscita a distinguerne l'accento. Il suo udito non era più quello di una volta—si era giustificata—ma era sicura che i soldati parlassero tra loro in inglese.

Per finire, un sedicente musicista uzbeco aveva dato sfoggio delle sue doti artistiche suonando la tromba alle due di notte sul marciapiede di via Sistina, a pochi metri dall'ingresso dell'omonimo teatro.

«Comandante!»

Cassani si voltò e vide Fulvio Chersi, uno degli operatori addetti alle segnalazioni telefoniche, avanzare verso di lui a grandi falcate, sventolando un paio di fogli formato A4 nella mano destra.

38

Roma, Mons Capitolinus
a. d. V Eid. Mart., 710 a.U.c., Tertia Vigilia Noctis
(11 marzo 44 avanti Cristo, ore 2:26)
LINEA TEMPORALE COMUNE

Plinius estrasse un piccolo apparecchio *folux* da un borsello di cuoio che teneva celato nel risvolto della toga e lo porse all'amico.

«Tu sapevi tutto... Sapevi che mi avresti incontrato esattamente qui, in questo luogo e in questo momento. Sapevi che qui avrei visto mia madre. Sapevi che sarei stato io a scattare il *folux*, l'unica immagine che ho mai avuto di mia madre, l'oggetto che fin da bambino ho custodito gelosamente come la cosa più preziosa al mondo! Perché non mi hai mai detto niente, Plinius? Perché?»

Valerius strinse i pugni finché le nocche non divennero bianche. Percepiva la rabbia montare dentro di sé, come un'onda di riflusso che gli risaliva in gola dal profondo delle viscere. Si sentiva tradito, ingannato da chi aveva sempre considerato come un fratello.

«Tu sapevi!» gridò, puntando con fare accusatorio l'indice della mano destra allo sterno dell'amico.

Plinius lo guardò con aria costernata, scuotendo leggermente la testa.

«No, amico mio. Non lo sapevo. Almeno, non fino a un'ora fa.»

Di colpo Valerius capì. Fu una rivelazione improvvisa,

166

inaspettata, come un guazzabuglio confuso di linee e colori che riveli d'un tratto un'immagine precisa e definita. Ma era anche l'unica spiegazione logica.

«Dici di averlo saputo solo un'ora fa. Cioè nel 2821[193], a quarantacinque anni d'età. Lasciami indovinare... chi ti ha mandato qui, in questo preciso luogo e in questo preciso momento, lo ha saputo una ventina di anni prima... diciotto, per la precisione. O sbaglio?»

«No, non sbagli», confermò Plinius. «Come hai già capito, sei stato *tu* a mandarmi qui oggi. Ad anticiparmi quello che sarebbe successo. Tu, fra diciotto anni.»

---

[193] 2068 dopo Cristo.

39

Roma, Corpo di Polizia Locale di Roma Capitale
11 marzo 2022, ore 2:27
LINEA TEMPORALE ORIGINALE

«Che altro è successo?» si lamentò Cassani, stringendo il bicchierino di plastica tra indice e pollice della mano destra e portandoselo avidamente alle labbra.

«Qualche minuto fa ho ricevuto la segnalazione di un sinistro nel Rione Ludovisi, all'angolo tra via Carducci, via Piemonte e via Salandra», esordì Chersi. «Modello, colore e numero di targa della vettura coinvolta corrispondono a quelli del veicolo uscito di strada al Muro Torto[194]. Anche l'ora collima.»

«Si riferisce a quel balordo che si è schiantato qualche ora fa contro la sbarra d'ingresso al parcheggio del Galoppatoio di Villa Borghese?»

«Sì, proprio lui. Simone Di Sardo. Attualmente è ricoverato al Policlinico Umberto Primo.» Chersi tacque per un istante, mentre scorreva con gli occhi uno dei fogli che stringeva fra le mani. «Ecco qui. Trauma cranico, frattura scomposta di tibia e perone della gamba destra, e tre costole rotte».

«Imparerà a non mettersi alla guida dopo aver bevuto e

---

[194] Il cosiddetto Muro Torto è un resto di età repubblicana, probabilmente parte di una delle tante ville gentilizie romane esistenti all'epoca. Tra queste vi fu quella dei Pinci, da cui il colle—Pincio, appunto—prese il nome. A partire dal III secolo dopo Cristo, il Muro Torto venne inglobato nelle mura Aureliane.

fatto uso di sostanze stupefacenti», sentenziò Cassani freddamente.

«Non è tutto, però. In base alla segnalazione di poco fa, prima dell'incontro ravvicinato con la sbarra del parcheggio, Di Sardo avrebbe investito un uomo e si sarebbe dato alla fuga.»

«Pure omissione di soccorso!» esclamò Cassani. «Credo proprio che il signor Di Sardo e la sua patente non si rivedranno per parecchio tempo. Dov'è ora il ferito?»

«Scomparso. In nessuno degli ospedali maggiori risulta essere stato ricoverato nelle ultime quattro ore un uomo vestito da legionario romano. Forse si è fatto portare in una clinica privata.»

«Legionario romano ha detto?» Nella mente di Cassani si materializzò l'immagine di un turista svizzero sbraitante e impiastrato di feci canine. «Chi ha fatto la segnalazione?»

«Un certo Carlo Betti. Ventiquattro anni. Romano. Residente in via Firenze», rispose Chersi, leggendo le informazioni da un altro dei suoi fogli.

«Convochi il signor Betti per un colloquio qui da noi domani pomeriggio. Ho la sensazione che ci sia qualcosa che non ci abbia detto. Controlli poi se ci sono videocamere nella zona dell'incidente che potrebbero aver ripreso il momento dell'impatto e la successiva fuga di Di Sardo.»

Cassani bevve l'ultimo sorso di caffè, poi aggiunse. «Chersi, un'altra cosa. Si faccia aiutare dai suoi colleghi Giozze e Devi, e passi in rassegna ospedali, cliniche, case di cura, sanatori e lazzaretti di Roma e provincia. Voglio sapere se qualcuno ha soccorso stanotte un uomo vestito da legionario romano.»

169

«Sarà fatto, comandante!» rispose Chersi, scattando sull'attenti, girando sui tacchi e dileguandosi in pochi istanti.

Cassani gettò il bicchierino di plastica ormai vuoto nel cestino e guardò l'ora sul quadrante del suo orologio da polso *Megalith* blu. Le lancette bianche segnavano le due e trentuno minuti. La notte era ancora lunga. Molto lunga.

40

*Roma, Mons Capitolinus
a. d. V Eid. Mart., 710 a.U.c., Tertia Vigilia Noctis
(11 marzo 44 avanti Cristo, ore 2:31)*
LINEA TEMPORALE COMUNE

Valerius osservava incredulo il *folux* che aveva appena scattato, tenendolo stretto tra i polpastrelli dell'indice e del pollice della mano destra. Lo aveva guardato, accarezzato, baciato per anni. Quel *folux* era stato accanto alla sua culla quand'era neonato e al suo lettino quand'era bambino, a vegliare su di lui e a proteggerlo quando le ombre della notte prendevano la forma, nella sua mente infantile, di incorporei mostri deformi. Più recentemente, spiccava al centro della mensola del soggiorno nella sua *altadomus* a Nova Roma, in una preziosa cornice d'oro bianco finemente lavorata a mano. Il *folux* era stato con lui da quando era nato, accompagnandolo e sostenendolo in ogni fase della sua vita. Eppure, era stato scattato solo pochi secondi prima. Ed era stato proprio lui a farlo. *Paradossi temporali*, pensò Valerius, con un lieve sorriso mesto.

«Tieni, Plinius», disse, porgendo il *folux* al senatore. «Fai in modo che il bambino—*io*—lo riceva. Sarà un oggetto molto importante per me.»

«Consideralo già fatto», rispose l'amico con un sorriso. «Sarai tu a scrivere quelle parole sul retro del *folux*?»

«TROVA IL FIGLIO DELLE ABSIRTIDI E TROVERAI TE STESSO? Non lo so, forse», rispose Plinius allargando le braccia e sollevando le sopracciglia. «Tuttavia, non

171

escluderei che a scriverle possa essere tu stesso. La tua versione futura, intendo dire.»

Valerius annuì, abbassando gli occhi. «Lei non appartiene a quest'epoca, vero?» chiese poi, accennando con il capo alla giovane donna addormentata.

«No», rispose Plinius. «È arrivata qui attraverso il cronoportale.»

«È una neobritanna? Come hai detto che si fanno chiamare? *Mena cani*?»

«Americani», lo corresse Plinius. «E la risposta è no, non è Americana. È nata a Roma, proprio come noi.»

«Immagino che non sia venuta qui da sola.»

«No.»

«Dove sono i suoi compagni?»

«A pochi passi da noi. Addormentati. Si risveglieranno prima del sorgere del sole.»

«Cosa avete intenzione di fare a mia... alla ragazza?» Valerius non riuscì a pronunciare nuovamente la parola *madre*.

«Verrà con noi nel 2821[195].»

«I suoi compagni la cercheranno.»

«Sarà di ritorno prima che si accorgano della sua scomparsa.»

Valerius osservò perplesso l'amico, aggrottando la fronte e socchiudendo leggermente gli occhi, mentre il suo cervello cercava di dare una spiegazione plausibile alle parole di Plinius. Poi comprese. E annuì.

Rimase in silenzio per qualche secondo, raccogliendo i propri pensieri.

«State manipolando gli eventi. Questa donna...»—ancora una volta non riuscì a chiamarla *madre*—«...e i suoi compagni non sono altro che burattini di cui voi Arcani

---

[195] 2068 dopo Cristo.

tenete i fili. Siete voi a controllare le loro azioni. Dov'è il loro potere decisionale, il loro libero arbitrio?»

Plinius sorrise. Poi continuò, guardando Valerius dritto negli occhi. «Libero arbitrio... Concetto affascinante, su cui si sono espressi, più o meno dilungatamente, decine di filosofi, teologi e pensatori delle più disparate epoche e nazioni. Che controllo abbiamo noi—ciascuno di noi— sulle nostre azioni? Quanto dipende veramente da noi? E quanto invece dal destino, da ciò che il Fato ha in serbo per noi? Libero Arbitrio e **Predestinazione**. Attivo e Passivo. Umano e Divino. Naturale e Soprannaturale.»

Plinius fece una breve pausa, quindi riprese, in tono solenne. «Immagino tu conosca bene il responso che l'Oracolo diede a Cæsar.»

«Ovviamente! Qualsiasi cittadino della *Fœderatio* è in grado di recitarne i versi a memoria.»

«Benissimo. Quale significato dai agli ultimi due versi dell'Oracolo? SARÀ L'UOMO FUORI DAL TEMPO | A IMPORRE AL FATO NUOVI PERCORSI. Chi è, secondo te, L'UOMO FUORI DAL TEMPO?»

«Beh...» rispose Valerius, un po' titubante. «Gli ultimi due versi sono da sempre oggetto di disputa tra gli studiosi. Le interpretazioni non sono concordi. C'è chi ritiene che L'UOMO FUORI DAL TEMPO possa essere Gaius Julius Cæsar, la cui grandezza trascende la sua epoca storica e si tramanda imperitura alle generazioni future.»

«Oppure?»

«Secondo un'altra interpretazione, L'UOMO FUORI DAL TEMPO sarebbe il mio avo, Publius Liburnius Julianus, che, dando il via alla conquista della Julia, ha di fatto imposto AL FATO NUOVI PERCORSI, volendo citare le parole esatte dell'Oracolo. Questa seconda interpretazione, tra l'altro, si sposa bene con i primi quattro versi, che sembrano riferirsi

173

proprio a Julianus, quel FIGLIO DELLE ABSIRTIDI che HA VISTO CIÒ, CHE UN DÌ ESSER POTRÀ, ossia ha viaggiato nel tempo in un futuro alternativo.»

«Oppure?» lo incalzò nuovamente Plinius, con un sorriso enigmatico.

Valerius rimase in silenzio per qualche secondo, smarrito. Continuò a riflettere, finché ebbe un'illuminazione, tanto improvvisa quanto incredibile. Spalancò gli occhi per lo stupore. «A-a meno che...» balbettò.

Plinius gli sorrise affettuosamente e completò per lui la frase. «A meno che L'UOMO FUORI DAL TEMPO non sia *tu*, amico mio.»

Plinius tacque per qualche istante, per dare il tempo a Valerius di metabolizzare quanto gli era appena stato rivelato.

«È lei la giovane donna che ha aiutato Julianus nel suo viaggio nel futuro alternativo?» chiese Valerius, indicando la ragazza addormentata.

«Sì, è lei», confermò Plinius. «Immagino che tu abbia capito, a questo punto, che Julianus non è un tuo remoto antenato.»

«Lui è... lui è mio padre», sussurrò Valerius con un filo di voce.

«Esattamente. Rifletti, amico mio. Esiste forse qualcuno più fuori dal tempo di te? *Di te*, figlio di una madre nata in una linea temporale alternativa alla tua—un universo parallelo, se preferisci chiamarlo così? *Di te*, figlio di un padre nato più di venti secoli prima, in un passato comune a entrambe le linee temporali, la tua e quella di tua madre?»

Valerius abbassò gli occhi e scosse ripetutamente la testa, incapace di accettare quanto l'amico gli aveva

174

appena comunicato.

Plinius cominciò a camminare lentamente, girando intorno a Valerius, che continuava a tenere gli occhi fissi al suolo.

«Pensaci, amico mio. Chi ha inventato il cronoportale? Chi ha dato il via ai viaggi nel tempo? Chi ha innescato la catena di eventi che ha interessato tutti noi? Tu. Tu. E ancora tu.»

Plinius mise un braccio intorno alle spalle dell'amico, di quel coetaneo che, in quel momento, per età, avrebbe potuto quasi essere suo figlio. Questa volta non fu una pacca sulle spalle tanto energica da farlo barcollare, bensì un gesto affettuoso e delicato.

«Non hai nulla di cui rimproverarti, amico mio. Anzi, devi essere orgoglioso di ciò che hai fatto. La tua scoperta ha contribuito alla gloria eterna di Roma. Le tue azioni non sono seconde a quelle di Cæsar né a quelle di Julianus.»

Afferrò Valerius per le spalle con entrambe le mani e lo costrinse a guardarlo dritto negli occhi. «Sono orgoglioso di essere tuo amico. Lo sono sempre stato, e sempre lo sarò.»

41

Roma, 2821 a.U.c.[196]
Data e località sconosciute
LINEA TEMPORALE ALTERNATIVA

«Signorina Betti», sussurrò una voce maschile.

Valeria emise un gemito sommesso prima di aprire lentamente gli occhi, sbattendo più volte le palpebre. La stanza in cui si trovava era immersa nella penombra. Una tenue luce soffusa ne permeava le pareti, affrescate con colori accesi tra cui predominavano diverse tonalità di rosso. Dalla volta a botte del soffitto, che riproduceva un luminoso cielo stellato al centro del quale spiccava un pianeta dal singolare colore arancione, non pendeva alcun lampadario. La parete di fronte a lei era costituita da un'unica vetrata a forma di portale ad arco, che poggiava su due lesene di colore rosso addossate alle pareti laterali.

«Dove mi trovo?» chiese, con un filo di voce.

«Non abbia timore, signorina. Nessuno vuole farle del male», disse la stessa voce di prima.

Valeria giaceva sdraiata in posizione supina su un materasso così morbido e avvolgente da sembrare modellato sulla forma e il peso del suo corpo. Ruotò il capo verso destra, incontrando gli intensi occhi verdi dell'uomo che aveva appena parlato.

Lo sconosciuto di fronte a lei non era molto alto—probabilmente tra un metro e settanta e un metro e settantacinque centimetri—ma ben proporzionato. Il fisico

---

[196] 2068 dopo Cristo.

asciutto e robusto indicava un'attività sportiva regolare, ma non eccessiva. I capelli scuri, leggermente mossi, erano brizzolati sulle tempie e sufficientemente corti da coprire solo la parte superiore delle orecchie, piuttosto piccole e poco sporgenti. Il naso, minuto e leggermente all'insù, metteva in risalto gli zigomi alti in un viso perfettamente sbarbato.

Valeria corrugò lievemente la fronte, perplessa. Era sicura di non aver visto quell'uomo prima d'ora, eppure aveva la netta sensazione di conoscerlo già. Osservò intensamente il volto dello sconosciuto, confrontandolo mentalmente con decine di volti a lei familiari, senza riuscire a individuare l'abbinamento giusto.

L'uomo sembrò leggerle nel pensiero e le rivolse un sorriso affettuoso.

«Dove mi trovo?» domandò nuovamente Valeria.

«A Roma.»

Valeria tirò leggermente su il busto facendo leva su entrambi i gomiti, e rivolse lo sguardo verso la vetrata ai piedi del letto. Nel buio della notte si stagliavano imponenti le sagome di alti grattacieli parzialmente illuminati, tra i quali sfrecciavano sporadici velivoli poco più piccoli di una normale automobile.

«Non ci sono grattacieli a Roma.»

«Non ci sono nella Roma che conosce lei», ribatté l'uomo con un sorriso.

«Cosa intende dire?» chiese Valeria, allarmata.

«Intendo semplicemente dire che la città in cui ci troviamo attualmente non è la stessa città in cui lei è nata e cresciuta.»

Valeria rivolse nuovamente lo sguardo verso i piccoli velivoli privi di ali che solcavano il cielo notturno al di là della vetrata.

«Siamo nel futuro», sussurrò Valeria, sgranando gli occhi.

«Siamo in un futuro alternativo», precisò l'uomo. «Nel 2068, volendo computare il succedersi degli anni secondo la consuetudine più diffusa nella vostra linea temporale.»

Valeria scattò a sedere sul letto. «Cos'è accaduto a mio fratello? Ai miei genitori? Ai miei amici?»

Il panico era evidente nella sua voce.

«Non ha motivo di preoccuparsi, signorina. Godono tutti di ottima salute. Suo fratello, i suoi genitori, i suoi amici», la rassicurò lo sconosciuto.

Valeria lo guardò con diffidenza per qualche secondo. Per qualche motivo incomprensibile, sentiva tuttavia di potersi fidare di quell'uomo.

«Nel mese di marzo dell'anno 710 dalla fondazione dell'Urbe—il 44 avanti Cristo secondo il vostro calendario più comune—si è generata una divergenza temporale», spiegò lo sconosciuto. «Tale divergenza temporale, o *cronosingolarità*, ha dato origine a due linee temporali alternative. Una di queste ha portato al suo mondo, l'altra al mio, dove attualmente lei ed io ci troviamo.»

Un lampo di comprensione illuminò il volto di Valeria. «Julianus», esclamò la ragazza. «È stato Julianus a provocare la divergenza temporale, non è così?»

«Sì», confermò lo sconosciuto. «Publius Liburnius Julianus ha influito in modo determinante sugli eventi che hanno dato origine alla nostra linea temporale. Julianus è un eroe nazionale. Il 22 gennaio, anniversario della sua nascita, è giorno di festa in tutta la Federazione.»

«Di quale Federazione sta parlando?» chiese Valeria, smarrita.

«La Federazione delle Province di Roma, di cui fa parte più della metà del pianeta Terra.»

Valeria sussultò, portandosi istintivamente la mano destra a coprire la bocca spalancata per lo stupore.

Sono stata io... sono io la causa di tutto, pensò. Era stato quanto lei aveva rivelato a Julianus a cambiare il corso della Storia: i dettagli sull'assassinio di Giulio Cesare, le informazioni sull'America.[197]

«Cesare non è morto il 15 marzo del 44 avanti Cristo, vero?» chiese, pur prevedendo la risposta.

«No», rispose lo sconosciuto, scuotendo leggermente il capo.

«E l'America non è stata scoperta da Cristoforo Colombo nel 1492...»

«No. Quella che voi chiamate America, e che noi chiamiamo Julia, è stata raggiunta per la prima volta da Julianus il 24 settembre del 41 avanti Cristo, facendo riferimento al Calendario Gregoriano, in uso nella vostra linea temporale.»

Valeria tacque. Rimase seduta sul letto, la testa bassa, le mani tra i capelli. Le mancava il respiro, si sentiva schiacciata dal peso delle conseguenze delle sue azioni, dalla catena di eventi di cui lei era la principale responsabile. Respirò profondamente per qualche secondo, cercando di restituire regolarità al ritmo del cuore, che batteva all'impazzata.

Lo sconosciuto le pose una mano sulla spalla destra e la accarezzò con dolcezza. Valeria sollevò gli occhi e incontrò quelli dell'uomo. Vi lesse comprensione ed empatia, ma anche tenerezza e affetto.

«Perché mi ha portata qui? Che cosa vuole da me?»

«Salvarla. Voglio solamente salvarla.»

«Salvarmi? Da cosa? Da chi?» chiese Valeria, l'ansia crescente nella sua voce.

---

[197] Si vedano i Capitoli 30 e 34 di CHANGING HISTORY.

179

Lo sconosciuto si chinò verso di lei, e le prese le mani nelle sue. Quindi disse, in tono grave: «Tra un paio di settimane le verrà diagnosticato un tumore al collo dell'utero con interessamento dei linfonodi. In fase molto avanzata.» L'uomo fece una pausa. Poi aggiunse, con gli occhi lucidi: «Morirà tra tre, quattro mesi al massimo.»

42

Roma, Mons Capitolinus
a. d. V Eid. Mart., 710 a.U.c., Quarta Vigilia Noctis
(11 marzo 44 avanti Cristo, ore 4:45)
LINEA TEMPORALE COMUNE

«Lara! Lara!»

La voce era distante, ovattata.

«Lara, svegliati!»

Qualcuno le toccò la spalla destra, scuotendola leggermente. Un tocco delicato, ma al tempo stesso deciso.

Un senso di torpore le paralizzava i muscoli, braccia e gambe non rispondevano agli ordini motori inviati dal cervello, le palpebre le gravavano sugli occhi come pesantissime saracinesche d'acciaio.

«Lara! Sveglia! Dobbiamo andare via da qui!»

Morlock...

Lara riconobbe la voce del suo diretto superiore. Era lui a scuoterle la spalla? Dove si trovava? Sentiva di essere sdraiata, in posizione supina. La superficie su cui giaceva era dura, fredda, irregolare. Certamente non quella soffice e accogliente di un comodo materasso. Si trovava all'aperto. Udiva il fruscio delle fronde degli alberi. Percepiva folate irregolari di vento freddo accarezzarle il viso, i polsi, le caviglie, sollevandole fino alle ginocchia i lembi della lunga veste che aveva indosso. Tutt'intorno regnava il silenzio.

Si sforzò di parlare, ma riuscì a emettere soltanto un rantolo confuso. Inspirò ed espirò a fondo, cercando di imprimere al proprio respiro un ritmo regolare. Sentì due braccia robuste afferrarla da sotto le ascelle e sollevarla in posizione seduta.

Con grande sforzo riuscì a schiudere le palpebre.

Buio.

Una pallida luce lunare le permise di distinguere nell'oscurità i contorni della figura di Morlock, ritto in piedi di fronte a lei.

«Sta riprendendo conoscenza», mormorò dietro di lei la voce del tenente Flynn. Erano sue le braccia che la stavano sorreggendo.

«Dove siamo? Cos'è successo?» farfugliò Lara con grande fatica.

«Siamo a Roma, alle pendici del Campidoglio. È l'11 marzo del 44 avanti Cristo. Siamo stati narcotizzati», rispose in tono asciutto Morlock.

«Narcotizzati? Come? Perché?»

«Per quanto riguarda il come», spiegò il direttore della CIA, «presumibilmente mediante l'uso di mandragora, giusquiamo o qualche altra pianta con proprietà sedative o narcotiche.» Morlock fece una breve pausa, poi continuò, allargando le braccia in un gesto di frustrazione. «Non sappiamo chi sia stato. Probabilmente qualche brigante in cerca di bottino.»

«Siamo fortunati a essere ancora vivi», aggiunse Flynn.

Con l'aiuto del tenente, Lara riacquistò la posizione eretta, seppur barcollando leggermente per via dei muscoli delle gambe ancora intorpiditi. D'un tratto sgranò gli occhi e cominciò a guardarsi intorno con crescente apprensione.

«Dov'è Valeria?» chiese, girando nervosamente la testa a destra e a sinistra, cercando con gli occhi la ragazza.

«Non siamo ancora riusciti a trovarla», rispose Flynn. La sua voce, solitamente professionale e distaccata, tradiva questa volta profonda apprensione.

43

Roma, 2821 a.U.c.
Data e località sconosciute
LINEA TEMPORALE ALTERNATIVA

Valeria era impietrita.

«Siamo ancora in tempo per impedire che tutto ciò accada», la rassicurò l'uomo, continuando a tenerle le mani. «Possiamo salvarla», le confermò in tono dolce.

La ragazza guardava dritto davanti a sé, come in trance. La sua mente era altrove, incapace di reagire, travolta da un turbine di pensieri ed emozioni.

«Entri, dottore!» chiamò lo sconosciuto.

Un lieve sibilo accompagnò lo scorrimento di un ampio pannello rettangolare che penetrò nella parete laterale sinistra. La lama di luce bianca proiettata nella stanza venne subito oscurata dalla sagoma massiccia di un uomo. Si fermò un istante sulla soglia, quindi si diresse a passo deciso verso i piedi del letto su cui era seduta Valeria.

«Signorina Betti, mi permetta di presentarle il dottor Geórgios Hippokrátes. Lo ha già incontrato sette anni fa, seppur sotto il falso nome di Giorgio De Jura.»

Quest'ultimo nome destò istantaneamente Valeria dai suoi pensieri. La giovane rivolse subito lo sguardo al nuovo arrivato e lo osservò con attenzione.

I capelli brizzolati avevano lasciato il posto a una chioma candida che, tuttavia, non presentava traccia di calvizie. Le rughe, soprattutto quelle sulla fronte ampia e ai bordi esterni dei grandi occhi castani, si erano fatte più pronunciate. La postura era più curva rispetto a quella di un tempo, ma il fisico imponente appariva ancora decisamente in forma a dispetto dell'età, che doveva essere più vicina ai settanta che non ai sessant'anni, se la memoria non la ingannava.

Tuttavia, Valeria non aveva alcun dubbio: quello di fronte a lei era lo stesso uomo che, sette anni prima, era miracolosamente riuscito a guarire suo fratello Carlo da un tumore maligno al cervello.[198]

[198] Si veda il Capitolo 9 di CHANGING HISTORY.

44

Roma, un appartamento privato
8 settembre 2014 (sette anni prima)
Linea Temporale Originale

Il signor Betti era in piedi, immobile davanti alla finestra della cucina. Guardava impietrito il cielo azzurro che accarezzava i tetti della capitale, mentre sporadiche nuvole bianche riflettevano il rossore infuocato del sole al tramonto. Dal cortile interno si levavano acute le grida spensierate dei figli del portiere che giocavano a rincorrersi.

La signora Betti era seduta al grande tavolo rettangolare della moderna cucina, i gomiti appoggiati sulla superficie in laminato, le mani a coprirle il viso grazioso e i grandi occhi azzurri che il figlio aveva da lei ereditato. Nel silenzio carico di disperazione che permeava la stanza, il movimento sussultorio delle spalle della donna ne tradiva i singhiozzi sommessi.

Valeria assisteva impotente alla scena, ritta sulla soglia della cucina, gli occhi gonfi di lacrime, ripensando alle parole dei medici che le esplodevano in testa come assordanti colpi di fucile.

Non c'è più nulla da fare.

Per Carlo non c'era più nulla da fare. Gli restavano due mesi di vita, forse tre. Il tumore al cervello—il glioblastoma multiforme, come lo chiamavano i medici, un nome che rendeva quel mostro ancora più spaventoso—era inoperabile. Il verdetto di condanna a morte era arrivato poco più di due ore prima, ma era da un paio di

186

settimane che la radioterapia non sortiva più gli effetti desiderati.

Carlo aveva solo diciassette anni. *Non è giusto*, pensò rabbiosa Valeria. Calde lacrime le scendevano in rivoli lungo le guance. Il suo fratellino—lo *gnappetto*[199] come lei lo aveva sempre chiamato—non sarebbe mai andato all'università. Non avrebbe mai avuto un lavoro. Non si sarebbe mai sposato. Non sarebbe mai diventato padre. No, non era giusto. Nel banchetto della vita, Carlo si sarebbe fermato agli antipasti.

Valeria chiuse gli occhi e, seppur non credente, pregò. Pregò intensamente i suoi nonni, Giacomo e Ilda, affinché, dal cielo, mandassero un aiuto per il suo fratellino.

E fu in quell'istante che il telefono squillò.

Il signor Betti afferrò stancamente la cornetta e se la portò all'orecchio destro, sussurrando un flebile *Pronto*.

Era il dottor De Jura.

Parlò di cure sperimentali, di nuove tecnologie, di macchinari all'avanguardia, di ottime possibilità di riuscita. Di speranza.

Speranza.

Gli occhi spenti del padre di Carlo riacquistarono d'incanto luminosità, e la scintilla sembrò accendere istantaneamente anche gli occhi della signora Betti e quelli di Valeria.

De Jura diede loro appuntamento la mattina seguente alle nove presso la Nova Salus, una piccola clinica privata sull'Appia Antica, da lui stesso gestita.

***

---

[199] *Piccoletto* [dialettale].

La notte passò veloce, carica di aspettative e rinnovata speranza. Alle otto del mattino la famiglia Betti era già in macchina, una Mazda 3 rossa, diretta verso la clinica. A dispetto del senso di fiducia e ottimismo che si era diffuso tra i familiari, il volto cinereo di Carlo lasciava trasparire soltanto sofferenza e rassegnazione.

La Nova Salus aveva sede in una moderna e isolata palazzina di tre piani in acciaio e vetro, a poche centinaia di metri dai Tumuli degli Orazi e Curiazi[200].

I Betti parcheggiarono in uno degli stalli riservati ai visitatori, e percorsero a piedi il breve tratto che collegava il parcheggio all'ingresso della clinica. Era una calda mattina di inizio settembre. Un aereo della Ryanair, in fase di atterraggio nel vicino aeroporto di Ciampino, li sorvolò rumorosamente con i *flaps*[201] già completamente estesi.

Entrati nella clinica, una moretta minuta li accolse cordialmente con un radioso sorriso. Indossava un elegante tailleur di colore rosso pompeiano, con il nome della clinica ricamato sulla giacca in caratteri corsivi dorati. La signorina li condusse lungo un lussuoso corridoio dal pavimento in porfido, ai lati del quale si alternavano busti marmorei di stile neoclassico a dipinti raffiguranti legionari romani vittoriosi in battaglia.

Raggiunta l'estremità del corridoio, la moretta bussò

---

[200] Secondo la tradizione, le sorti della guerra tra Roma e Alba Longa, nel VII secolo avanti Cristo, furono decise da un duello che vide contrapposti tre fratelli albani, i Curiazi, a tre fratelli romani, gli Orazi, e nello scontro ebbero la meglio questi ultimi. Sebbene per secoli i tumuli circolari sulla via Appia Antica siano stati creduti le tombe degli Orazi e Curiazi, gli archeologi sono oggi concordi nel ritenerli piuttosto delle tombe di età tardo-repubblicana o augustea.

[201] I *flaps*, o ipersostentatori, sono organi mobili connessi alle ali degli aerei, usati soprattutto nelle fasi di atterraggio e decollo per aumentare la portanza dell'ala.

delicatamente alla porta di fronte a lei, quindi la aprì, invitando i visitatori ad accomodarsi all'interno della stanza.

Il dottor De Jura venne loro incontro e strinse gioiosamente con entrambe le mani quella del signor Betti. Si esibì in un cortese baciamano con la signora Betti e con Valeria, quindi pose affettuosamente le mani sulle spalle di Carlo e, facendo segno ai familiari di accomodarsi su un divanetto di velluto giallo, invitò il giovane a seguirlo nella stanza adiacente per una breve visita.

***

La visita era durata una ventina di minuti soltanto, dopodiché il dottor De Jura aveva chiesto ai coniugi Betti l'autorizzazione a intervenire chirurgicamente quanto prima, possibilmente quello stesso pomeriggio. Il padre e la madre di Carlo, dapprima titubanti e perplessi, erano stati a poco a poco persuasi dalla straordinaria capacità dialettica di De Jura, dal suo contagioso ottimismo, dal senso di sicurezza ed efficienza che era capace di trasmettere a chiunque lo ascoltasse. Il dottore aveva sciorinato un nutrito elenco di malati terminali cui la medicina tradizionale aveva negato qualsiasi speranza di sopravvivenza superiore ai sei mesi, tutti completamente guariti grazie alle sue cure.

L'intervento era iniziato qualche minuto prima delle quattro del pomeriggio. L'attesa—snervante, interminabile, logorante—si protraeva ormai da oltre nove ore. I Betti sedevano angosciati nella confortevole sala d'attesa della clinica, mentre il ritmico ticchettio del rotondo orologio argenteo appeso alla parete alla loro sinistra scandiva il lento succedersi dei minuti. Valeria

189

armeggiava con il cellulare, cercando di tenere lontani i pensieri cupi con video di teneri gattini e spettacolari foto di romantici tramonti sul mare. La signora Betti sfogliava distrattamente, una dopo l'altra, le tante riviste impilate sul tavolino di cristallo di fronte a lei, senza tuttavia riuscire a focalizzarsi su nulla. Il signor Betti sedeva a capo chino fissando il cronografo Versus Versace che portava al polso sinistro, quasi si illudesse di poter accelerare con lo sguardo il moto rotatorio delle lancette.

D'un tratto la porta della sala operatoria venne spalancata, e sulla soglia apparve il volto—esausto ma sorridente—di De Jura.

«L'operazione è perfettamente riuscita», dichiarò gioioso il dottore. «Il tumore è stato completamente asportato. Carlo vivrà.»

Carlo vivrà.

Le parole più dolci che Valeria avesse mai udito! D'un tratto le venne voglia di correre, ballare, cantare. Tutto intorno a lei le parve più luminoso, le voci melodiose, gli odori—persino quello acre di disinfettante—uguali ai profumi di un campo fiorito a primavera. Si sentì pervadere da una gioia incontenibile, un desiderio irrefrenabile di condividere la propria felicità con chiunque le fosse vicino. Strinse a sé il padre e la madre, stampò un sonoro bacio sulla guancia di un imbarazzato De Jura, sorprese con un caloroso abbraccio uno degli assistenti del dottore.

Il mostro—il glioblastoma multiforme—era stato sconfitto.

Era il 9 settembre del 2014.

***

190

Da allora il tumore era scomparso. Svanito. Volatilizzato. Tutti gli esami successivi avevano confermato la completa—inspiegabile, a detta di molti medici e specialisti—guarigione del ragazzo.

Il 15 settembre la banca aveva informato il signor Betti che il bonifico da lui effettuato per pagare l'operazione del figlio non era andato a buon fine. L'IBAN della Nova Salus non risultava corretto. Il signor Betti verificò con attenzione le 27 cifre del codice alfanumerico indicato sul biglietto da visita della clinica, e le trovò esatte. Chiamò quindi il numero telefonico riportato sul biglietto, che si rivelò tuttavia non attivo. Decise quindi di recarsi di persona alla Nova Salus, accompagnato dalla figlia. Con sua enorme sorpresa, trovò la palazzina completamente vuota. Sulla porta d'ingresso era affisso il cartello di una società—la Diachronica Immobiliare—che metteva in vendita l'intera palazzina. Il signor Betti prese il cellulare dalla tasca dei calzoni Armani di cotone nero, e compose il numero telefonico indicato sul cartello della società immobiliare. Al secondo squillo rispose un'acuta voce femminile.

«Diachronica Immobiliare, come posso esserle utile?»

«Buongiorno. Telefonavo per la palazzina di via Pompeo Licinio.»

«Sì, mi dica. È interessato all'acquisto?»

«In realtà, no. Sto cercando il precedente proprietario. O locatario. La clinica Nova Salus.»

«Nova Salus ha detto?»

«Sì. Aveva sede nella palazzina di via Pompeo Licinio fino a sei giorni fa.»

«Deve esserci un errore, signor... Come ha detto che si chiama?»

191

«Mi scusi, non gliel'ho detto. Mi chiamo Betti. Francesco Betti.»

«Signor Betti, temo ci sia un errore. La palazzina è sfitta da oltre quattro mesi.»

***

Ulteriori indagini condotte dai Betti nei mesi successivi non portarono ad alcun risultato. La Nova Salus e il dottor De Jura sembravano svaniti nel nulla.

Come se non fossero mai esistiti.

45

Roma, 2821 a.U.c.
Data e località sconosciute
LINEA TEMPORALE ALTERNATIVA

«Non capisco», balbettò Valeria con un filo di voce, il capo chino, le mani raccolte in grembo. Tremava.

De Jura le si avvicinò e si sedette accanto a lei, sul bordo del letto.

«Nel vostro mondo, nel caso di tumori al collo dell'utero, si ricorre normalmente a una cura chemioterapica, spesso a base di cisplatino, associata a radioterapia», spiegò il dottore. «Tuttavia, qualora ci sia l'interessamento dei linfonodi, chemioterapia e radioterapia sono sconsigliate nel primo trimestre, dato l'elevato rischio di malformazioni fetali.»

«Malformazioni fetali?» ripeté Valeria, corrugando la fronte. «Di cosa sta parlando?»

«È incinta, signorina Betti», rivelò De Jura. «Pensavo che la notizia le fosse già stata comunicata.»

***

«Ci sono speranze?» domandò Valeria, terrorizzata da quella che avrebbe potuto essere la risposta.

«La speranza c'è sempre», la rincuorò De Jura con un sorriso rassicurante. «Quello che stavo cercando di dirle, signorina Betti, è che nel suo mondo si troverebbe di fronte a una scelta atroce: salvare lei oppure salvare il suo

193

bambino. Le vostre conoscenze mediche sono purtroppo ancora troppo limitate per riuscire a salvare entrambi.»

«Limitate? Pensavo che adesso ci trovassimo nel 2068... in soli quarantasei anni la medicina ha fatto così tanti progressi?» domandò Valeria perplessa.

«Non si tratta soltanto di quarantasei anni. La nostra medicina, la nostra tecnologia sono *secoli* avanti a voi», rivelò De Jura.

«Com'è possibile?»

«Il nostro mondo, signorina, non ha mai vissuto l'epoca che voi chiamate Medioevo», si inserì lo sconosciuto, in piedi alla destra di Valeria.

La ragazza annuì con un lieve cenno del capo. «Mi opererà, dottore?» chiese dopo qualche istante, la voce carica di aspettative. De Jura aveva compiuto un miracolo con Carlo, sarebbe riuscito a salvare anche lei. Ne era certa, aveva fiducia in quell'uomo.

«Sì, ma non subito», dichiarò De Jura. «Le nostre conoscenze in campo di nanotecnologia e intelligenza artificiale a livello molecolare ci permetteranno di tenere sotto controllo l'evoluzione del tumore durante tutto il corso della gravidanza. Dopo il parto, procederemo con un intervento chirurgico per la rimozione completa del tumore, esattamente come abbiamo fatto con suo fratello Carlo.»

«Devo restare qui nove mesi da sola?» chiese Valeria allarmata, sgranando gli occhi. Le parole le uscirono di bocca come un lungo, stridulo squittio.

«È la cosa migliore da fare», dichiarò lo sconosciuto in tono grave. «Per lei. Per il suo bambino. Per tutti.» L'uomo tacque per qualche secondo, poi aggiunse: «Ma non sarà sola.»

194

***

Entrato nel salottino ottagonale, lo sconosciuto diede due colpi in rapida successione al bracciale nero che portava al polso sinistro. L'immagine olografica di un uomo sui trent'anni, elegantemente vestito con una tunica di seta candida, si materializzò di fronte a lui.

«Prelevate il *legatus* Publius Liburnius Julianus e portatelo qui», ordinò lo sconosciuto.

«Dove e quando?» si limitò a chiedere l'uomo con la tunica candida.

«Colonia Crepsænsis, il terzo giorno prima delle idi di giugno del 716[202]. Subito dopo l'incontro di Julianus con il "messaggero" di Cæsar.»

«Ai suoi ordini, *domine*», obbedì l'uomo con la tunica candida, chinando il capo con riverenza.

Valerius sfiorò il bracciale nero e chiuse la comunicazione. Guardò per qualche istante le acque del Tiberis scorrere pigramente verso occidente. Valeria era nella stanza accanto, Julianus sarebbe arrivato di lì a poco. Tutto si stava svolgendo esattamente come era stato pianificato.

---

[202] L'11 giugno del 38 avanti Cristo.

195

46

Roma, Mons Capitolinus
a. d. V Eid. Mart., 710 a.U.c., Quarta Vigilia Noctis
(11 marzo 44 avanti Cristo, ore 4:50)
LINEA TEMPORALE COMUNE

«Valeria! Valeria!»

Lara cercava di mantenere un tono di voce sufficientemente basso da non attirare l'attenzione indesiderata di malintenzionati, guardie o semplici curiosi.

Flynn, Lara e Morlock esplorarono meticolosamente l'area circostante, controllando ogni anfratto e setacciando ogni cespuglio. Inutilmente. I minuti passavano inesorabili, ma di Valeria non c'era traccia.

«Manca poco più di un minuto al *rendez-vous*. L'anello sta per essere riattivato», annunciò Flynn.

«Valeria! Dove sei?» chiamò nuovamente Lara, questa volta a voce decisamente più alta. Il tempo a loro disposizione stava per scadere, ma abbandonare Valeria era un'opzione che nessuno di loro era disposto a prendere in considerazione.

«*Nobody gets left behind*[203]», ringhiò Flynn tra i denti, dando voce a ciò che tutti loro stavano pensando.

«Valeria!» chiamarono ancora una volta, tutti e tre all'unisono.

«Sono qui!» esclamò improvvisamente una voce femminile alla loro destra.

---

[203] *Nessuno viene lasciato indietro.*

196

47

Roma, piazza della Consolazione
11 marzo 2022, ore 4:50
LINEA TEMPORALE ORIGINALE

Seduto sul secondo gradino dell'ampia scalinata in travertino ai piedi della facciata di Santa Maria della Consolazione, Carlo guardò per l'ennesima volta l'ora sul suo orologio Breil Tribe.

«Non manca molto ormai», disse rivolgendosi a don Renato, che era seduto sul suo stesso gradino, qualche decina di centimetri alla sua sinistra.

«Ugna descina di mignuti», farfugliò il sacerdote, masticando di gusto il terzo cornetto caldo ripieno di marmellata di albicocche. Si passò il dorso della mano sinistra sulle labbra per ripulirle dalle briciole, quindi indicò il sacchetto bianco di carta alla sua destra: «Ne è rimasto soltanto uno. Se lo vuoi, è la tua ultima occasione. Altrimenti me lo pappo io e faccio quaterna.»

Una ventina di minuti prima, don Renato si era allontanato per procurarsi quattro appetitosi cornetti appena sfornati in un antico panificio a due passi dalla chiesa di San Giorgio in Velabro, ai piedi del Palatino.

Carlo raccolse l'invito ed estrasse l'ultimo cornetto dal sacchetto di carta. Se lo portò alla bocca e lo addentò senza troppa convinzione. L'espressione sbalordita sul suo volto anticipò le sue parole.

«*Ammazza! Popo bbono!*[204]» esclamò stupito.

---

[204] *Accidenti! Proprio buono!* [dialettale]

197

«Conoscevi già il forno dove li hai comprati?»

«*Avoja!*[205] Ci andavo sin da ragazzo con due dei miei amici più cari. Uno di loro si chiamava proprio come te.»

«E l'altro?»

«Giuliano. L'altro si chiamava Giuliano.» Don Renato tacque per qualche secondo, perso in ricordi dolceamari. Poi un movimento sulla destra attirò la sua attenzione. «Ci siamo», disse. «Gli Americani stanno per riattivare l'anello.»

Carlo rivolse lo sguardo verso la base della tortuosa scalinata che collegava piazza della Consolazione a via di Monte Tarpeo e vide la McDougall ruotare uno dei cubi metallici nella posizione corretta. Scattò in piedi, inghiottì l'ultimo boccone del cornetto, si sfregò frettolosamente le mani per sbarazzarsi delle briciole, appallottolò il sacchetto di carta e lo gettò nel cestino dei rifiuti più vicino mentre si dirigeva a grandi falcate verso l'anello. Don Renato lo seguì.

Un'intensa luce bianca annunciò che il portale era stato riattivato.

---

[205] *Eccome!* [dialettale]

48

Roma, Mons Capitolinus
a. d. V Eid. Mart., 710 a.U.c., Quarta Vigilia Noctis
(11 marzo 44 avanti Cristo, ore 4:59)
LINEA TEMPORALE COMUNE

Valeria affiorò dall'oscurità, risalendo lentamente il Vicus Iugarius. Non era sola. Un legionario romano, alla sua destra, le teneva la mano. Il volto dell'uomo era in ombra, ma nessuno dei presenti dubitò un solo istante della sua identità. Era Publius Liburnius Julianus.

Indossava una tunica di lana a maniche lunghe color porpora e, sopra questa, *subarmalis*[206] e *lorica hamata*. Sulla spalla sinistra era fissato un elegante mantello rosso. Una cintura di cuoio con una borchia di bronzo gli stringeva la vita e sosteneva il *gladius*, sul fianco. Ai piedi, nudi, portava robuste *caligæ* di cuoio. In testa, uno scintillante elmo di metallo di tipo Agen-Port con paragnatidi mobili e paranuca allungato.

«Come hai fatto a trovarlo?» domandò Lara, stupita. «E come mai venite dal Foro Boario e non dal Foro di Cesare?»

«Ci sarà tempo dopo per le domande», si inserì Morlock. «Dobbiamo andarcene da qui, e alla svelta. Il portale è stato riattivato.»

Gli occhi di tutti fissarono l'intenso bagliore che proveniva dalla base della Rupe Tarpea.

Non c'era un istante da perdere.

---

[206] Corpetto con le spalline imbottite.

49

Roma, Forum Boarium
a. d. V Eid. Mart., 710 a.U.c., Quarta Vigilia Noctis
(11 marzo 44 avanti Cristo, ore 4:59)
LINEA TEMPORALE COMUNE

Nascosti dietro uno dei muri perimetrali dell'antico tempio della Dea Fortuna, due uomini di mezza età osservavano Valeria e Julianus allontanarsi su per la collina lungo il Vicus Iugarius, che separava il Forum Boarium, il mercato del bestiame, dal limitrofo Forum Holitorium, il mercato della frutta e della verdura.

Era una notte fresca e limpida. Nel cielo punteggiato di stelle risaltava la luminosità biancazzurra di *Sirius*[207]. Una folata di vento fece stormire le foglie degli alberi e frusciare le toghe di lana bianca dei due uomini.

Un tenue bagliore, qualche decina di passi alla loro destra, segnalò che il cronoportale in possesso degli Americani era stato riattivato. Meno di un minuto dopo il bagliore scomparve e l'oscurità avvolse nuovamente la sommità del Vicus Iugarius.

«Li abbiamo ingannati», sussurrò Valerius con una punta di rimorso nella voce.

«Non c'era alternativa», lo confortò Plinius. «Lo sai.»

«Sono sicuri di rivedere il loro bambino tra cinque

---

[207] Secondo i Romani *Sirius*, detta anche *Stella del Cane*, poteva avere effetti nefasti. Per prevenirli, durante i caldi giorni d'inizio estate, i cosiddetti *Giorni del Cane*, venivano eseguiti sacrifici e consumate cerimonie. Fu così che *canicola* divenne sinonimo di caldo afoso.

giorni.»

«E così sarà.»

«No! Quando torneranno nel 2821[208] rivedranno *me*! Un uomo di quarantacinque anni, non un neonato!» sibilò Valerius tra i denti.

«Rivedranno il loro figlio nel pieno della maturità. Un geniale scienziato, l'inventore del cronoportale, il pioniere dei viaggi nel tempo.»

«Dov'è il neonato—*io*—adesso?»

«Due Guardie Arcane lo—*ti*—hanno appena portato nel 2775[209], l'anno ufficiale della tua nascita, e ti hanno consegnato alla tua famiglia adottiva. Insieme al *folux*, naturalmente.»

«Sarebbe stato bello essere cresciuto da lei. Da *loro*», aggiunse Valerius con tristezza, indicando con la mano sinistra la direzione verso cui si erano allontanati poco prima Valeria e Julianus.

«Non essere ingiusto. I tuoi genitori adottivi ti hanno cresciuto con amore. Ed è soprattutto grazie a loro che sei diventato la persona che sei. Ci sono eventi, situazioni del passato che non possono, non devono essere cambiati. Vanno semplicemente accettati così come sono *già* accaduti. È al futuro che bisogna guardare.»

Valerius annuì, non del tutto convinto.

«Perché mentirmi?» chiese. «Perché dire che mia madre era morta di parto e che mio padre mi aveva abbandonato?»

«Se ti avessero detto la verità, ci avresti creduto?»

«No. Suppongo di no», ammise Valerius.

I due amici rimasero qualche istante in silenzio. Il disco argenteo della luna proiettava una luce adamantina sugli

---

[208] 2068 dopo Cristo.
[209] 2022 dopo Cristo.

edifici del Forum Boarium. Il rumore ligneo delle ruote di un carro, accompagnato dal nitrito lontano di un cavallo, segnalò che l'alba di un nuovo giorno stava per affacciarsi sull'Urbe.

«Resta un'ultima cosa da fare», aggiunse il senatore.

«A cosa ti riferisci?»

«Strongili.»

«Strongili», annuì Valerius.

«Il ciclo degli eventi dev'essere chiuso», sentenziò Plinius.

50

Roma, piazza della Consolazione
11 marzo 2022, ore 5:00
LINEA TEMPORALE ORIGINALE

Valeria e Julianus furono i primi a varcare il portale, seguiti pochi secondi più tardi da Lara, Flynn e, per ultimo, Morlock.

Carlo corse incontro alla sorella e la strinse in un forte abbraccio liberatorio. «Temevo di non rivederti più», le sussurrò in un orecchio.

«Anche tu mi sei mancato moltissimo per tutto questo tempo», disse Valeria, accarezzandogli dolcemente le guance con entrambe le mani.

«Adesso non esagerare... in definitiva sei stata via poco più di tre ore soltanto.»

«Tre ore lunghe come nove mesi», ribatté Valeria con un sorriso enigmatico.

Morlock le rivolse un'occhiata cupa, quindi si avvicinò a Julianus. «La tua spada», ordinò, indicando l'arma con il braccio destro.

«*Da ei gladium tuum*[210]», intervenne don Renato.

Julianus si sfilò l'elegante fodero di legno rivestito in pelle di colore rosso scuro, e lo consegnò a Morlock.

March e Hott disattivarono l'anello e lo caricarono all'interno di uno dei due furgoni, fissandolo al tetto con robusti cavi di acciaio.

«Il legionario resterà in ambasciata sotto stretta

---

[210] *Dagli il tuo gladio.*

203

sorveglianza fino alla sera del 15 marzo, poi lo rimanderemo indietro nel suo tempo», sentenziò Morlock rivolto al maggiore Young. «A quel punto Cesare sarà stato assassinato, e il corso degli eventi non potrà più essere mutato.»

«Non lo perderemo di vista un solo istante», assicurò il maggiore.

March, Morlock, Flynn, Julianus, Valeria e don Renato presero posto sul primo furgone, mentre Hott, Young, Carlo, Lara, e la McDougall salirono sul secondo, sul quale era stato caricato anche l'anello.

I due veicoli lasciarono piazza della Consolazione e, raggiunta l'estremità occidentale del vico Jugario, svoltarono a destra su via del Teatro di Marcello, proseguendo veloci verso piazza Venezia.

La missione era stata portata a termine con successo. Almeno così credevano tutti.

Quasi tutti.

Parte Quarta:
OMEGA E ALFA

There will come a time when you believe everything is finished. That will be the beginning[211]

Louis L'Amour

---

[211] *Verrà il momento in cui crederai che tutto sia finito. Quello sarà l'inizio.*

51

Roma, Ambasciata degli Stati Uniti
11 marzo 2022, ore 06:25
LINEA TEMPORALE ORIGINALE

«Avevi ragione tu, Guido, non si scherza con i viaggi nel tempo», disse Lara con un'espressione contrita, abbassando gli occhi verso il pavimento. «Perdonami. Perdona*ci*. Questa volta ci è andata bene, ma abbiamo imparato la lezione.»

Lionhill tacque per qualche secondo, aspettando che Lara rivolgesse nuovamente lo sguardo verso di lui. Quando lo fece, il professore la guardò dritta negli occhi e, in tono mesto, chiese: «L'avete imparata sul serio la lezione, Lara? È andato veramente tutto bene? E se invece il vaso di Pandora[212] fosse stato appena scoperchiato?»

«*Goodbye, Professor*[213]», si inserì il maggiore Young, interrompendo bruscamente la conversazione. «*Our driver is waiting for you*[214]», aggiunse, porgendo la mano destra a Lionhill in segno di saluto.

Lionhill non riuscì a trattenere una smorfia di dolore mentre la vigorosa stretta del maggiore parve stritolargli la mano destra.

Lara afferrò le maniglie di spinta della sedia a rotelle e

---

[212] Nella mitologia greca, il vaso che Pandora ricevette in dono da Zeus conteneva tutti i mali del mondo. Aprendolo, Pandora condannò l'umanità a una vita di sofferenze.
[213] *Arrivederci, professore.*
[214] *Il nostro autista la sta aspettando.*

207

accompagnò il professore lungo lo stretto corridoio verso l'uscita. Young li seguì, un paio di passi dietro di loro.

«'*cci sua*», borbottò Lionhill, massaggiandosi la mano destra.

«Come, scusa?» chiese Lara, piegandosi istintivamente in avanti per udire meglio.

«Niente, niente» replicò Lionhill, continuando a massaggiarsi la mano.

La Buick Regal nera che aveva accompagnato il professore all'Ambasciata il giorno precedente era parcheggiata di fronte all'uscita, il motore già avviato, il bagagliaio aperto per accogliere la sedia a rotelle.

Brian, l'autista, si diresse a passo svelto verso Lionhill non appena il professore comparve sulla soglia della palazzina.

Lara abbracciò il professore e gli stampò un bacio affettuoso sulla guancia destra.

«Ciao, Guido. Grazie di tutto.»

«Ciao, Lara. Ho la sensazione che ci rivedremo presto», disse Lionhill, spostando lo sguardo verso il maggiore Young, che li stava osservando. «Molto presto», aggiunse, guardando Young fisso negli occhi.

Brian aiutò il professore a prendere posto sul sedile posteriore destro della Buick, quindi, dopo averla diligentemente piegata, ripose con cura la sedia a rotelle nel bagagliaio dell'auto.

Il pesante cancello grigio di ferro battuto a due ante si aprì con un lieve ronzio e la berlina nera si immise su via Boncompagni, lasciandosi alle spalle l'Ambasciata degli Stati Uniti, Lara e il maggiore Young.

52

Roma, Ambasciata degli Stati Uniti
Ufficio Privato dell'Ambasciatore
11 marzo 2022, ore 06:29
LINEA TEMPORALE ORIGINALE

La tenue luce dell'alba si rifletteva sulle nuvole scure che scivolavano lievi verso nord, sospinte da una brezza leggera in direzione di Villa Borghese. Un piccione si posò sul davanzale della finestra e iniziò a tubare rumorosamente. Il rumore metallico di una saracinesca che veniva sollevata annunciò l'imminente apertura di una delle tante attività commerciali del Rione Ludovisi, con tutta probabilità uno dei numerosi bar che di lì a poco avrebbero distribuito caffè, cappuccini e cornetti a impiegati assonnati, nottambuli ritardatari, e turisti ansiosi di esplorare le meraviglie della Città Eterna.

Morlock, sprofondato in una poltrona di velluto blu, si tolse stancamente gli occhiali con montatura a giorno, li posò con delicatezza sulla grande scrivania in legno di quercia, e si sfregò gli occhi con il pollice e l'indice della mano destra. La stanchezza cominciava a farsi sentire e le palpebre si facevano sempre più pesanti. Le ultime ventiquattro ore erano state un frenetico succedersi di eventi straordinari, ma quello era l'incarico per cui era stato addestrato fin da quando era stato scelto per eseguirlo.

Si alzò in piedi, determinato a non cedere alla seducente morbidezza della poltrona, e passeggiò nervosamente avanti e indietro da un estremo all'altro dell'elegante moquette blu scuro con motivi floreali che copriva il pavimento dell'Ufficio Privato dell'Ambasciatore Harlan.

Morlock guardò con impazienza il quadrante rosso pompeiano dell'orologio *Invicta Pro Diver* d'oro che portava al polso. Il Presidente avrebbe chiamato entro pochi secondi.

In quel momento il telefono Avaya 9680G posto sulla scrivania squillò, squarciando improvvisamente il silenzio che avvolgeva la stanza.

Morlock allungò velocemente il braccio destro e, afferrata la cornetta, si avvicinò alla finestra che dava su via Veneto.

«Ottimo lavoro, amico mio!» esclamò Plinius in tono allegro. «Il bambino è nato. La missione si è conclusa esattamente come previsto.»

«Grazie Presidente. È per me un onore e un dovere servire il nostro Paese.»

«Ritieni che qualcuno possa sospettare di te?»

«No, non credo. Né Lara né Flynn hanno avuto il benché minimo sospetto che fossi stato io a narcotizzarli durante il nostro breve salto nel passato.»

«E il professore?»

«Improbabile. È evidente che non provi simpatia per me, ma non c'è nulla che mi faccia credere che possa avere dei sospetti su chi io sia e da dove io venga realmente.»

«Non sottovalutarlo», lo ammonì Plinius. «Ancora qualche giorno di pazienza, amico mio. Il giorno delle idi, a mezzanotte in punto, un varco dimensionale si aprirà nel luogo che abbiamo concordato.»

Morlock posò la cornetta del telefono, si lisciò il vestito nero, si aggiustò il nodo della cravatta, e si passò lentamente la mano destra tra i capelli bagnati di gel per pettinarli all'indietro.

Ancora pochi giorni e sarebbe tornato, finalmente, a casa. Sul volto di Morus Lucius Celatus, Primo Ufficiale degli Arcani, c'era un'espressione soddisfatta.

53

Roma, via Lucullo
11 marzo 2022, ore 06:30
Linea Temporale Originale

Lionhill osservava distrattamente il muro perimetrale del complesso dell'Ambasciata mentre la Buick scivolava lungo via Lucullo e, dopo un'ulteriore svolta a destra, avanzava sobbalzando sull'irregolare pavimentazione in sanpietrini di via Sallustiana.

Il professore si accarezzò il mento con la mano sinistra, pensieroso. C'era qualcosa che gli sfuggiva. Un dettaglio che il suo cervello aveva registrato a livello inconscio, ma che non riusciva a mettere a fuoco. Un tassello fuori posto nel puzzle degli eventi. Era qualcosa che riguardava Julianus, di questo era sicuro.

Lionhill cercò di ricostruire mentalmente, fotogramma dopo fotogramma, la sequenza di immagini di cui era stato spettatore poco prima. L'ingresso dei due furgoni bianchi nel cortile dell'ambasciata. I *marines* americani scendere dai veicoli, seguiti dal legionario, la coppia di fratelli, il sacerdote, Lara. Morlock rivolgergli un'occhiata gelida, il *gladius* del legionario stretto nella mano destra. Julianus sfilargli davanti senza guardarlo, mano nella mano con Valeria, il capo chino, gli occhi fissi a terra. Lara correrli incontro e abbracciarlo con trasporto, esplodendo in un trionfale *ce l'abbiamo fatta, Guido!* Il *sellerone*[215] March

---

[215] Persona molto alta e magra. Deriva da *sellero*, il sedano in romanesco.

trasportare l'anello all'interno dell'edificio, aiutato da un paio di *marines*.

La Buick, nel frattempo, aveva raggiunto largo di Santa Susanna e imboccato via Emanuele Orlando, costeggiando sulla sinistra il complesso monumentale delle Terme di Diocleziano.

Lo sguardo del professore seguì il colonnato di piazza della Repubblica alla sua destra: la farmacia, i negozi di abbigliamento, la fermata della Metro A. Ma il suo cervello non stava elaborando le informazioni che i suoi occhi gli trasmettevano in quel momento. Continuava a richiamare alla memoria e analizzare le immagini di Julianus alla ricerca di quel dettaglio che lo tormentava.

La Buick si lasciò piazza della Repubblica alle spalle e si immise su via Nazionale. Sullo sfondo del cielo si stagliavano maestosi i propilei marmorei del Vittoriano sormontati dalle quadrighe bronzee.

Qualche decina di metri prima di raggiungere l'imponente edificio neoclassico del Palazzo delle Esposizioni, la Buick svoltò a sinistra in direzione del Viminale e risalì la stretta via Genova tra due ali di autovetture parcheggiate su entrambi i lati della strada.

All'incrocio con via Palermo, Brian accostò la vettura, fece accomodare premurosamente Lionhill sulla sedia a rotelle, e lo accompagnò fino al portone del palazzo in cui risiedeva, al civico numero 30.

«*Thank you so much*[216], Brian», lo ringraziò Lionhill.

«*My pleasure, sir*[217]», rispose il massiccio Afroamericano, congedandosi con un ossequioso inchino. «*You have a great day, sir*[218].»

---

[216] *Mille grazie.*
[217] *Piacere mio, signore.*
[218] *Le auguro una buona giornata, signore.*

213

Lionhill entrò nell'androne del palazzo, salutò con un cenno il portiere Alvaro che sorseggiava soddisfatto il primo caffè della giornata nella sua tazzina biancoceleste, e si avviò verso l'ascensore della scala sinistra.

Aprì verso l'esterno la porta in rete di ferro, spinse all'interno le due porte di legno a battente del secolare ascensore OTIS, ed entrò nella cabina. Nel premere il tasto del terzo piano sulla pulsantiera, urtò inavvertitamente con il ginocchio sinistro lo specchio interno dell'ascensore.

Fu in quel preciso istante che Lionhill capì quale fosse il tassello fuori posto, il dettaglio che gli sfuggiva.

Santa Cleopatra, pensò, *il ginocchio!*

Julianus era ferito al ginocchio sinistro quando aveva varcato l'anello per tornare nel passato, circa cinque ore prima.[219] Quando era ricomparso nel 2022 insieme a Valeria, però, la fasciatura non c'era più, e la ferita appariva perfettamente rimarginata.

Questo poteva voler dire soltanto una cosa: tra i due salti temporali, per Julianus, non erano trascorse poche ore, ma un tempo molto, molto più lungo. Giorni. Mesi. Anni, forse. Durante le prime ore del mattino dell'11 marzo del 44 avanti Cristo, a Roma, c'erano *due* Julianus. Uno appena tornato dal suo viaggio nel 2022, e un altro più vecchio, un Julianus che poteva aver *già* salvato Giulio Cesare il giorno delle idi. Morlock e gli altri avevano rapito quest'ultimo, non l'altro.

Evidentemente gli Americani non erano i soli a possedere una macchina del tempo. C'era qualcun altro. Forse gli stessi che avevano creato quell'incredibile anello di metallo.

Il professore si passò nervosamente una mano tra i capelli, mentre l'ascensore d'epoca saliva sferragliando al

---

[219] Si veda il Capitolo 23 di CHANGING HISTORY.

terzo piano. Doveva assolutamente parlare con Lara. Il prima possibile.

Estrasse il suo Samsung A10 dalla tasca della giacca e compose il numero della sua ex studentessa nello stesso istante in cui varcò la soglia del proprio appartamento.

54

Roma, un appartamento privato
11 marzo 2022, ore 06:47
LINEA TEMPORALE ORIGINALE

Non appena il professore terminò la chiamata, l'uomo biondo con i capelli ricci gettò gli auricolari sulla scrivania con un gesto di stizza. La conversazione che aveva appena ascoltato apriva scenari inattesi e dagli sviluppi imprevedibili. Si alzò in piedi e premette con l'indice della mano destra il bracciale che portava al polso sinistro.

Qualche istante dopo l'immagine olografica di Morlock si materializzò nella piccola stanza.

«Abbiamo un problema», esordì senza preamboli l'uomo biondo. «Il professore ha capito. Ha appena telefonato alla dottoressa Mellini.»

Morlock tacque per qualche istante. «È ora che il professore conosca la verità», sentenziò poco dopo. «Prelevatelo e portatelo dal Presidente.»

«Sarà fatto!» esclamò l'uomo biondo, precipitandosi fuori dalla piccola stanza.

«*Fabula acta non est*[220]», mormorò Morlock in tono amaro prima di chiudere il collegamento.

---

[220] *La storia non è finita.*

55

Palazzo di Mália, Isola di Kaptara (Creta)
1600 avanti Cristo circa
LINEA TEMPORALE COMUNE

Il sovrano si sollevò faticosamente dal letto su cui era confinato da ormai molte, troppe settimane. Il male che lo divorava dentro lo stava consumando lentamente, giorno dopo giorno, avvicinandolo inesorabilmente alla fine. Infilò stancamente i piedi nei morbidi calzari di pelle, mentre un giovane servo gli copriva premurosamente le spalle con un caldo ed elegante mantello di lana marrone. Afferrò il bastone in legno d'ulivo, accarezzando delicatamente l'impugnatura bronzea a forma di testa di delfino. Era notte. Il tenue bagliore di un braciere a carbone proiettava ombre tremolanti sulle pareti riccamente affrescate con colorate scene di combattimenti di tori, soggetti marini e motivi geometrici.

Il re avanzò a passo incerto, trascinando i piedi, e si diresse verso l'ampia terrazza affacciata sul mare. Uscito all'aperto, inspirò avidamente l'aria salmastra e chiuse gli occhi, appagato dal rumore ritmico e familiare delle onde che si infrangevano sulla costa, a poche decine di passi da lui.

Erano passati più di vent'anni da quando era giunto per la prima volta a Strongili, accolto come un dio e acclamato rapidamente re da un popolo ingenuo e bonario. Il cronoportale gli aveva consentito di trasformare in poco tempo una piccola isola di pastori e agricoltori in una civiltà tecnologicamente avanzata, capace di dominare,

217

commercialmente e militarmente, l'intero Mediterraneo orientale. Ma la stella di Strongili era destinata a spegnersi in breve tempo. Lo sapeva. L'aveva sempre saputo. Quella straordinaria storia di superiorità tecnologica e repentina scomparsa sarebbe stata presto inghiottita dalle nebbie della leggenda, dando origine al mito immortale di Atlantide.

Il sovrano alzò gli occhi verso il cielo punteggiato di stelle e si soffermò a osservare la Luna. Non riuscì a trattenere un mesto sorriso al pensiero che, in tutti i luoghi e in tutti i tempi che aveva avuto modo di visitare nella sua lunga e avventurosa vita, la presenza della Luna nel cielo era stata una delle poche, immutabili certezze. Potevano cambiare gli imperi e le ideologie, le religioni e le tecnologie, le usanze e le lingue, ma la Luna era sempre lì, in cielo, che ruotava imperturbabile su se stessa, intorno alla Terra, e intorno al Sole. *La Terra non è altro che un piccolissimo palco in una vasta arena cosmica*[221], pensò amaramente.

«Angelos», chiamò. La sua voce era debole e stanca.

«Sì, mio signore.»

«Sulla sedia accanto al mio letto c'è una bisaccia. Al suo interno, avvolto in un fascio di fieno, troverai un disco di terracotta.» Un violento accesso di tosse lo costrinse a interrompersi. Sentì in bocca il sapore amaro e ferroso del sangue. Non gli restava molto da vivere, ma sapeva con assoluta certezza che non sarebbe stato quel male invisibile a ucciderlo. Attese che i violenti colpi di tosse si placassero, quindi continuò. «È un oggetto molto, molto

---

[221] Le parole, in realtà, sono dell'astronomo Carl Edward Sagan che, nel suo libro del 1994 *Pale Blue Dot: A Vision of the Human Future in Space*, scrisse: *The Earth is a very small stage in a vast cosmic arena.*

prezioso. Prendi il mio cavallo e porta il disco con te a Phaistos. Una volta giunto a palazzo, consegnalo a mio figlio.»

«Mio signore! Cosa ne sarà di lei?»

«La mia ora è giunta», tagliò corto il sovrano, accompagnando le parole con un eloquente gesto della mano destra. «Porta in salvo il disco. Non prendere la strada per Knosos, allontanati dalla costa! Galoppa veloce verso sud, in direzione del monte Dikton[222].»

«Ma...»

«Vai, Angelos! Non perdere altro tempo! Vai! Che gli dèi ti proteggano!»

Il giovane si congedò dal sovrano con un profondo inchino, e, presa la bisaccia, si diresse rapido verso la scalinata che collegava la terrazza al cortile dov'era legato il cavallo.

Il sovrano guardò Angelos scomparire nell'oscurità, quindi rivolse gli occhi nuovamente al mare di fronte a sé. L'aria era fresca. Un leggero vento di tramontana gli scompigliava i capelli candidi e gli agitava il mantello. Pensò con tristezza ad Àreos e ai suoi cinque sfortunati compagni[223], il cui destino stava per compiersi.

Un rombo sordo e cupo squarciò il silenzio della notte. La terra tremò, e profonde crepe si aprirono sulla pavimentazione della terrazza e sui circostanti edifici in pietra e mattoni di fango essiccato. Il re riuscì a fatica a restare in piedi, appoggiandosi al bastone e al parapetto in pietra della terrazza.

Altre scosse, più violente, seguirono la prima. Molti muri ondeggiarono per poi schiantarsi rumorosamente al

---

[222] Secondo la mitologia greca, è in una caverna del monte Dikton (o Ditte) che Rea partorì Zeus.
[223] Si veda il Prologo di CHANGING HISTORY.

suolo liberando al cielo nubi di polvere. Il sovrano vide gli eleganti affreschi della sua stanza sbriciolarsi, e le massicce travi di legno del soffitto crollare a terra in un'esplosione di detriti. Il parapetto della terrazza cedette in più punti, spargendo una gragnola di pietre sul terreno sottostante. Il pavimento sussultò violentemente sotto i suoi piedi, troppo perché le sue deboli gambe riuscissero a mantenere l'equilibrio. Rovinò al suolo, battendo la nuca. La vista gli si annebbiò, i suoni parvero attutirsi, e il mondo intorno a lui si fece improvvisamente nero.

$$***$$

Il vento era cresciuto d'intensità e una falda del mantello gli schiaffeggiava ritmicamente la guancia sinistra, quasi *Æolus*[224] in persona volesse destarlo. Il sovrano aprì lentamente gli occhi. Non sapeva quanto tempo fosse rimasto incosciente. Un'ora, forse di più. Era ancora buio, e minacciose nuvole grigie oscuravano parzialmente la volta stellata. Gran parte del parapetto della terrazza non esisteva più, sbriciolato dalla furia del terremoto. In lontananza, un bagliore rosso-arancio colorava con il fuoco il nero della notte, laddove il cielo si fondeva con il mare.

Strongili.

Il vulcano stava eruttando. Le fiammate illuminavano la notte, traccianti di fuoco solcavano il cielo in parabole di morte e distruzione per poi svanire nel mare.

Il destino stava per compiersi. Per Áreos. Per lui. Per

---

[224] *Æolus* (Eolo), nella mitologia greco-romana, era il dio dei venti, e dimorava in una splendida reggia nelle isole Eolie, piccolo arcipelago a nord-est della Sicilia che dal dio prende il nome.

220

tutti.

Con fatica si rimise in piedi, aiutandosi con il bastone e appoggiandosi a ciò che restava del parapetto della terrazza. Avrebbe affrontato la morte ritto sulle sue gambe e a testa alta, così come aveva sempre vissuto. Guardò le numerose piante di ulivo che punteggiavano la collina, e ne udì le fronde stormire al vento, impotente protesta contro un fato ineluttabile.

E infine accadde.

Il bagliore lontano improvvisamente scomparve, oscurato da una massa nera che si muoveva rapida e implacabile verso di lui. L'acqua venne risucchiata verso il largo, lasciando scoperti interi lembi di spiaggia. Poi un fronte impetuoso d'acqua alto decine di metri si stagliò davanti a lui, un muro liquido e nero il cui abbraccio mortale stava per avvolgere la costa settentrionale dell'isola di Kaptara.

«L'uomo fuori dal tempo ha imposto al Fato nuovi percorsi...» mormorò Janus Quirinus Plinius, sovrano di Strongili, prima che l'immensa massa d'acqua si schiantasse su di lui e su quanto restava del palazzo di Mália.

La missione era compiuta. La sua fine segnava l'inizio di un mondo nuovo.

Un mondo *ROMANO*.

EPILOGO

Roma, un appartamento privato
3 dicembre 2072

L'uomo chiuse il libro dalla copertina giallo oro e lo poggiò delicatamente sul comodino accanto al letto della bambina. In sottofondo, gocce di pioggia tamburellavano sui vetri della finestra.

«Papà?»

«Dimmi, topino.»

«C'è una cosa che non ho capito.»

«Che cosa?» chiese l'uomo, alzandosi in piedi. Sentiva la necessità di sgranchirsi le gambe. Ripiegò con cura la sedia in lega di titanio e l'appoggiò alla parete.

«Come ha fatto Morlock a viaggiare da una linea temporale all'altra?»

«Se è per questo, non è stato l'unico a farlo. Anche Valeria, quando Plinius l'ha portata con sé nel 2821 *ab Urbe condita*, ha potuto vedere l'altra linea temporale», rispose l'uomo con un sorriso, rimboccando le coperte della figlia. Nonostante fosse una serata fresca, la finestra della camera da letto era leggermente socchiusa in modo da permettere il ricambio d'aria.

«Anche Plinius, quando è andato a Strongili, ha viaggiato da una linea temporale all'altra?»

«Forse», rispose l'uomo. «Sai cosa penso?» chiese, stuzzicando ancora di più la curiosità della bambina.

«No.»

«Penso che il cronoportale sia stato potenziato e perfezionato nel corso degli anni. Se i primi prototipi consentivano esclusivamente spostamenti di tipo temporale, i modelli successivi, più evoluti, hanno permesso ai viaggiatori di spostarsi anche nel multiverso, cioè da un mondo parallelo a un altro. Tu che dici?»

La bambina annuì con un lento cenno del capo. «Sì, dev'essere così», rispose, strascicando le parole. Il sonno, a poco a poco, stava prendendo il sopravvento su di lei.

L'uomo si diresse verso la finestra e accostò le tende di lino, coprendo l'ampia vetrata. Continuava a piovere. Nuvole plumbee celavano alla vista la luna e le stelle.

«Papino?»

«Dimmi.»

«Che ne è stato di Valeria e Julianus?»

«Sono rimasti insieme. Per molto, molto tempo.»

«Sono ancora insieme?»

«Penso proprio di sì.»

Un ampio sorriso soddisfatto illuminò il viso della piccola.

«Anche Valerius è con loro?»

«Quante domande! Dormi, topino. È tardi. Domani devi andare a scuola.»

«Ma io voglio sapere come va a finire la storia!» protestò la bambina.

«Credo che tu non sia la sola a volerlo», le sorrise l'uomo. «Ci sono molte domande cui non è stata ancora data una risposta, molti misteri ancora da svelare. Ti prometto che ti racconterò il seguito. Ma non oggi. Non oggi.»

L'uomo si chinò sulla bambina e le diede un delicato bacio sulla fronte. Spense la luce e chiuse dietro di sé la porta della camera da letto.

***

223

«Le hai raccontato tutto?» domandò la donna.

Aveva lunghi capelli castani ricci e intensi occhi verdi color giada. Al suo fianco vi era un uomo non molto alto, con i capelli ricci leggermente brizzolati e caldi occhi marroni. Il braccio destro dell'uomo cingeva la vita sottile della donna in un gesto affettuoso e protettivo.

«No, *madre*», rispose il padre della bambina, rivolgendo un'occhiata fugace alla porta chiusa della camera della figlia. «C'è ancora molto da raccontare. Molto.»

Nota dell'Autore

Lo ammetto: CHANGING HISTORY avrebbe dovuto essere un romanzo autoconclusivo, e non il primo volume di una saga.

È vero, avevo lasciato—volutamente, a essere sinceri—alcune situazioni aperte a differenti interpretazioni, molte circostanze non sufficientemente chiarite, e parecchie domande senza risposta: cosa accade a Valeria, don Renato, il professor Lionhill e a tutti gli altri personaggi della Linea Temporale Originale? Perché gli dèi *O-ma-nói* (cioè i Romani della Linea Temporale Alternativa) hanno portato l'anello a Strongili? Strongili è davvero Atlantide? C'è un collegamento più profondo tra Valeria e Valerius, qualcosa che va al di là della semplice omonimia? Valeria e Julianus si rivedranno ancora? Chi sono l'uomo e la bambina dell'Epilogo, e che relazione hanno con gli altri personaggi? Chi è l'uomo che telefona a Morlock nel Capitolo 9?

Tuttavia, mi ero astenuto dal fornire risposte esaustive a tali domande, più per stimolare la fantasia e la riflessione del lettore che non per gettare le basi per un *sequel* di CHANGING HISTORY. Amo infatti libri e film che si concludono con un finale sorprendente ed enigmatico, che lasciano al lettore o allo spettatore libertà di interpretazione, al tempo stesso offrendo spunti di riflessione e approfondimento. Non a caso sono un estimatore del regista olandese Paul Verhoeven. Chi ha visto film come *Basic Instinct* o *Atto di Forza* (*Total Recall*) e ne ha presenti i finali può capire cosa intendo.

225

D'altra parte, tali e tanti sono stati i messaggi di lettori che, appassionatisi alla storia, ne chiedevano la continuazione che alla fine io stesso mi sono detto: *perché no?*

Materiale per scrivere un seguito ce n'era in abbondanza. C'era chi desiderava leggere del viaggio transoceanico di Julianus e dello sbarco romano in America—*pardon*, nella Julia—, chi voleva sapere come si sarebbe conclusa la *love story* tra Valeria e Julianus, e chi si domandava che aspetto avesse la città di Roma nella Linea Temporale Alternativa. C'è stato chi ha chiesto a gran voce il ritorno del professor Lionhill, e persino chi si è domandato se il pirata della strada, Simone Di Sardo, alla fine fosse riuscito a farla franca. In PREDESTINATION ho cercato di ottemperare a tutte queste richieste. Se ci sono riuscito o meno, lo stabilirete voi.

CHANGING HISTORY e PREDESTINATION, tuttavia, pur condividendo personaggi, luoghi, stile narrativo (il ritmo incalzante, i capitoli brevi, le descrizioni fotografiche, i tratti macchiettistici di alcuni personaggi), sono due romanzi tra loro piuttosto diversi.

PREDESTINATION, rispetto a CHANGING HISTORY, presenta meno azione e più introspezione, meno fatti e più riflessioni. Se in CHANGING HISTORY la ricerca—concreta, tangibile, frenetica—è quella di un uomo in fuga, Julianus, in PREDESTINATION la ricerca—psicologica, ponderata, quasi mistica (si pensi all'Oracolo...)—è invece quella di se stessi e dello scopo della propria esistenza.

Mentre la trama di CHANGING HISTORY si sviluppa intorno alla domanda *Cosa succederebbe se?*, immaginando come la conoscenza di un singolo evento futuro (anzi due: l'assassinio di Giulio Cesare nel 44 avanti Cristo e il viaggio in America di Cristoforo Colombo nel

226

1492) possa mutare radicalmente il corso della Storia, la domanda su cui si fonda PREDESTINATION è *Chi è l'artefice del nostro destino?*

La domanda alla base di CHANGING HISTORY è sostanzialmente fattuale, e richiede pertanto azione, eventi, mutamenti. Quella alla base di PREDESTINATION è invece più filosofica, esistenziale, per certi versi addirittura teologica.

Homo faber fortunæ suæ[225], scriveva Appio Claudio Cieco. È veramente così? Ovviamente mi sono guardato bene dal trattare a fondo tematiche filosofiche e teologiche così complesse. L'obiettivo principale di PREDESTINATION è divertire. Stimolare la riflessione, certo, ma con una lettura semplice, rapida, quanto più possibile piacevole. E così il dialogo tra Carlo e Valeria al Capitolo 27, ma soprattutto quello tra Plinius e Valerius al Capitolo 40 affrontano sì la contrapposizione tra scelta e destino, la dicotomia tra libero arbitrio e predestinazione, ma in modo leggero, informale, discorsivo. Sarà il lettore ad approfondire la questione, se e quando lo riterrà opportuno.

Il tema della predestinazione, tra l'altro, non è esclusivo di PREDESTINATION. Anche CHANGING HISTORY presenta numerosi piccoli indizi che anticipano o alludono a ciò che accadrà successivamente. Si pensi ad esempio al nome della nave oceanografica che rinviene l'anello (*Destiny*, cioè *Destino*), al nome del vice di Áreos, Thalássios, che ne anticipa la tragica morte in mare (θάλασσα, in greco, significa *mare*), ai colori del ROV della *Destiny*, rosso pompeiano e giallo oro, che preannunciano il mondo romano della Linea Temporale Alternativa, oppure alla domanda formulata dal professor Lionhill al termine del

---

[225] L'uomo è l'artefice del proprio destino.

Capitolo 33 ("*quando sarebbe stata scoperta l'America, e da chi?*"), cui verrà data una risposta al Capitolo 37.

In CHANGING HISTORY prevalgono archeologia e storia, mentre in PREDESTINATION è la fantascienza a dominare, e in particolare i viaggi nel tempo. A questo proposito, per chi si fosse chiesto quanti varchi temporali siano stati aperti (e chiusi) durante la fatidica notte tra il 10 e l'11 marzo del 44 avanti Cristo, la risposta è: *sei*.

Il primo è quello attraversato da Lara e Fernández (e, inaspettatamente, da Julianus), porta all'anno 2022 dopo Cristo della Linea Temporale Originale, e si apre in un boschetto di pini marittimi negli Horti Cæsaris, i Giardini di Cesare. È il varco attivato dal professor Lionhill e da Lara in CHANGING HISTORY.

Il secondo è quello varcato da Morlock, Flynn, Valeria, e Lara (e, al ritorno, anche da Julianus), conduce anch'esso al 2022 dopo Cristo della Linea Temporale Originale, e si apre alle pendici della Rupe Tarpea.

Il terzo è quello utilizzato da Valerius ventisettenne, porta al 2803 *ab Urbe condita* della Linea Temporale Alternativa (il 2050 dopo Cristo), e si apre, come i due che seguono, nel giardino della villa di Plinius, sulla riva sinistra del Tevere, alle pendici dell'Aventino.

Il quarto conduce al 2821 *ab Urbe condita* della Linea Temporale Alternativa (il 2068 dopo Cristo), ed è il varco che Plinius usa per portare Valeria nel futuro, dove la giovane incontrerà il figlio Valerius quarantacinquenne, rivedrà Julianus e, nove mesi dopo, partorirà il suo bambino.

Il quinto è quello attraversato da Plinius e Valerius quarantacinquenni, da Valeria e da Julianus (al ritorno, soltanto da Plinius e Valerius), e porta anch'esso al 2821 *ab Urbe condita* della Linea Temporale Alternativa, a una data successiva alla nascita del piccolo Valerius.

Del sesto e ultimo varco non si sa molto—né in quale luogo si apra né a che anno esso conduca—, ed è quello di cui si serve il sicario sinoano per tentare di assassinare Julianus.

Sei varchi temporali non implicano necessariamente l'esistenza di sei distinti anelli (o cronoportali o *kỳkloi* che dir si voglia). L'anello è un oggetto fuori dal tempo, proprio come lo è l'UOMO cui l'Oracolo si riferisce. Se ne fa infatti uso in entrambe le linee temporali, e il suo primo impiego (sull'isola di Strongili-Santorini) precede di oltre trentasei secoli la sua ideazione da parte della squadra di ricercatori di cui Valerius fa parte.

La forma stessa dell'anello, inoltre, simboleggia la circolarità della storia narrata nei due romanzi, nella quale inizio e fine, prima e dopo, passato e futuro perdono il loro valore assoluto per trasformarsi in concetti relativi, entità plasmabili e manipolabili dagli Arcani nel perseguire i loro obiettivi. Non a caso, il titolo della quarta e ultima parte di PREDESTINATION è *Omega e Alfa* (e non *Alfa e Omega*), a sottolineare il paradosso che la fine della storia precede, di fatto, l'inizio della stessa, in un corso degli eventi non lineare.

Linearità o circolarità a parte, tuttavia, quella iniziata in CHANGING HISTORY e proseguita in PREDESTINATION vuole essere soprattutto una storia d'amore e d'amicizia nelle sue diverse sfaccettature: quella tragica tra Julianus e Octavius, quella "eterna" tra Valerius e Plinius, quella fraterna tra Valeria e Carlo, quella genitoriale tra lo sfortunato Áreos e la piccola Eilínas, quella d'amore tra Valeria e Julianus, solo per fare alcuni esempi.

229

Una storia d'amore e d'amicizia che vuole dare un chiaro, forte messaggio di speranza: *la fine, a volte, non è altro che un nuovo inizio.*

Curiosità

- I termini *aërobiga* (biga volante), *aëronavis* (velivolo), *altadomus* (grattacielo), *armarium frigidarium* (frigorifero), *folux* (fotografia), *omneslinguæ* (traduttore universale), e *pyroballista* (pistola) per quanto plausibili, sono—ovviamente—di mia invenzione.
- I nomi dei due fratelli Honiahaka e Kwahu significano, rispettivamente, *piccolo lupo* (in lingua cheyenne) e *aquila* (in lingua hopi). Sebbene né i Cheyenne né gli Hopi abitassero l'area in cui ho immaginato lo sbarco della *Legio XII*, la scelta di questi nomi vuole rendere omaggio, in maniera velata, a due dei più noti simboli di Roma.
- Il giorno della battaglia (ovviamente fittizia) di *Parentium*, il 21 aprile, è un tributo al Natale di Roma.
- Le parole di Julianus poco prima della battaglia di *Parentium* (*"Hanno detto no"*) sono esattamente quelle pronunciate da Russell Crowe nelle scene iniziali del film *Il Gladiatore*.
- Gli appassionati di calcio avranno forse riconosciuto le maglie delle due squadre che giocano all'*harpastum* nel Capitolo 12. Si tratta infatti delle divise storiche dell'*Alba* e della *Fortitudo*, due delle tre squadre (la terza è il *Roman*) la cui fusione, nel 1927, portò alla nascita dell'Associazione Sportiva Roma.
- La tunica che Valerius indossa quando per la prima volta attraversa il cronoportale si ispira all'*Electronic*

231

Textile Conformable Suit (E-TeCS), la maglia smart sviluppata dal *Massachusetts Institute of Technology* (MIT) e dotata di sensori integrati per la misurazione in tempo reale di temperatura corporea, battito cardiaco e frequenza respiratoria.

- I corpetti protettivi indossati dai due legionari nello Scalo Magnetoviario di Nova Roma si ispirano al *CMF* (*Composite Metal Foam*), una struttura cellulare leggerissima costituita da metallo solido e pori colmi d'aria, sviluppata dalla *North Carolina University* e in grado di resistere a proiettili, raggi X, raggi gamma, e radiazioni neutroniche.

- La combinazione dei numeri di banchina (**7**), capsula (**5**) e scomparto (**3**) nel viaggio di Valerius, Flavia e Fabricius a Colonia Crepsænsis è un omaggio all'anno di fondazione di Roma (753 avanti Cristo).

- La *magnetovia* che collega Nova Roma a Colonia Crepsænsis si basa sul sistema di trasporto ad alta velocità *Hyperloop*, proposto da Elon Musk.

- Il breve scambio di battute tra Darius e Valerius all'inizio del Capitolo 16 è in Hindi.

- La ricetta dei ricci di mare cui si accenna nel Capitolo 17 è tratta dal IX libro del *De re coquinaria*, manuale di cucina attribuito (erroneamente) a Marco Gavio Apicio—cuoco, gastronomo e scrittore romano.

- Il velivolo su cui Valerius attraversa l'oceano si rifà, quanto a forma, al *Maveric* (*Model Aircraft for Validation and Experimentation of Robust Innovative Controls*), prototipo di aereo futuristico della società Airbus.

- Il modello (*AZ753*) del velivolo di cui sopra è un doppio omaggio. La parte alfabetica è un omaggio ad Alitalia, storica compagnia aerea italiana, il cui codice IATA

(*International Air Transport Association*) è stato *AZ*. La parte numerica, *753*, è un tributo all'anno di fondazione di Roma.

- Il sistema di galleggianti capaci di trasformare in energia elettrica la spinta delle onde, come descritto nel Capitolo 20, prende a modello la piattaforma oleodinamica progettata e costruita dall'impresa danese *Wave Star Energy*.

- La cascata interna dell'aeroporto Publius Cornelius Scipio si ispira al *Rain Vortex* dell'aeroporto di Singapore-Changi.

- La sedia sferica su cui si siede Valerius nella *taberna* dell'aeroporto si rifà alla *Ball Chair* del designer finlandese Eero Aarnio.

- Edifici e strutture costruiti dagli androidi romani su Marte si ispirano al *Marsha* (*MARS HAbitat*), il sistema abitativo progettato dalla AI SpaceFactory e basato su tecnologie di Additive Manufacturing.

- L'espressione "*Santa Cleopatra!*", usata spesso dal professor Lionhill in entrambi i romanzi, è tratta dal film *Johnny Stecchino* di Roberto Benigni. Nel film è Maria, interpretata da Nicoletta Braschi, a usare ripetutamente questa singolare esclamazione.

- Il codice *H501* dell'*aërobiga* che Valerius prende per raggiungere la villa di Plinius è un ulteriore omaggio a Roma. H501 è, infatti, il codice catastale dell'Urbe.

- Il *prænomen* di Plinius, *Janus* (Giano), ne rivela la capacità di vedere sia il passato sia il futuro, proprio come l'omonimo dio bifronte.

- Il salottino ottagonale nella villa di Plinius richiama gli interni della Casina delle Civette di Villa Torlonia a Roma. Architettura e decorazioni si rifanno al *Salottino delle 24 ore*, mentre le tre vetrate, e in particolare quella

233

centrale con il cigno bianco, riprendono quelle della loggia del *Bagno degli ospiti*. Non è un caso che gli affreschi della volta simboleggino lo scorrere del tempo e che gli stucchi raffigurino delle fenici, animali simbolo di immortalità: chi più di Plinius, Presidente degli Arcani, ha il potere di manipolare il tempo e controllare gli eventi?

- Il nome della società che si occupa della vendita della palazzina di via Pompeo Licinio, la Diachronica Immobiliare, rivela come dietro tale società ci siano i Romani della Linea Temporale Alternativa. Il termine *diachronica* deriva infatti dal greco διά (*"attraverso"*) + χρόνος (*"tempo"*).

- Gli Arcani (o *Areani*, o *Angariani*), secondo quanto riportato da Ammiano Marcellino nelle sue *Storie*, sono un antico corpo paramilitare romano, presumibilmente con compiti di polizia segreta e spionaggio. Nel videogioco *Rome: Total War*, gli Arcani sono un'unità di guerrieri romani dotati di corazza e mantello neri e dalle tecniche di combattimento simili a quelle di più moderni ninja giapponesi.

- Il personaggio di Annibale Cazzulati è un omaggio a Eritreo Cazzulati, personaggio dei fumetti disegnati da Enzo Lunari per la rivista Cuore.

- La luminosità di Sirio, secondo i Romani stella dagli effetti nefasti, è veramente biancazzurra. I tifosi della *S.S. Lazio* si consolino con l'isola a forma d'aquila del *Publius Cornelius Scipio*... ☺

- Le parole con cui si chiude il Capitolo 52 imitano le parole finali, nella traduzione di Cesare Scaglia, dell'indimenticabile romanzo di Isaac Asimov L'ALTRA FACCIA DELLA SPIRALE (pubblicato in italiano anche con il nome di SECONDA FONDAZIONE), che conclude la

234

TRILOGIA DELLA FONDAZIONE (*"sulla faccia rossiccia e paffuta di Preem Palver, primo oratore, c'era un'espressione soddisfatta"*).

- L'orologio di Morlock, un *Invicta Pro Diver*, è un richiamo indiretto alla Parte Quarta di CHANGING HISTORY, intitolata *Roma Invicta*.

- Il *cognomen* di Morlock, *Celatus*, è una velata allusione al suo ruolo di agente segreto (e quindi celato) nella Linea Temporale Originale.

- Le parole dette da Morlock al termine del Capitolo 54 (*"Fabula acta non est"*) echeggiano le parole pronunciate in punto di morte dall'imperatore Augusto (*"Acta est fabula, plaudite!"*[226]).

- Così come in CHANGING HISTORY, anche in PREDESTINATION ciascuno dei sette colli di Roma (Aventino, Campidoglio, Celio, Esquilino, Palatino, Quirinale, e Viminale) è citato almeno una volta, in italiano o in latino.

- L'abbinamento dei colori rosso porpora e giallo oro, i colori di Roma, ricorre spesso in entrambi i romanzi. Sono di questi colori lo stendardo della *Fœderatio*, l'aquila con targa sul soffitto dello Scalo Magnetoviario di Nova Roma, l'abbigliamento (tunica e cinturone) dei due legionari preposti alla sicurezza nello stesso Scalo, il vestito dell'assistente del dottor De Jura alla clinica Nova Salus, l'orologio di Morlock, nonché il ROV della nave oceanografica *Destiny* in CHANGING HISTORY.

- Marte, dio della guerra nonché, secondo la leggenda, padre di Romolo e Remo, ebbe un ruolo di assoluto rilievo nella società romana antica. Per tale motivo, Marte compare ripetutamente in entrambi i romanzi,

---

[226] *La commedia è terminata, applaudite.*

235

come un *fil rouge* che si dipana tra le pagine dei due libri. A Marte si richiamano lo sfortunato Áreos del Prologo di CHANGING HISTORY (il cui nome viene da Ares, l'equivalente greco di Marte), il *marine* March, l'infermiere De Marchi (citato solo in CHANGING HISTORY) e, naturalmente, Marcus Liburnius Valerius. Gran parte delle vicende narrate nei due libri si svolge poi a marzo (mese dedicato a Marte), e l'episodio chiave che provoca la *cronosingolarità* da cui hanno origine le due linee temporali parallele, ossia il (fallito) assassinio di Giulio Cesare, ha luogo il giorno delle idi di marzo nella Curia di Pompeo al *Campus Martius*, ossia il Campo di Marte. *Last but not least*, in CHANGING HISTORY il Rover inviato attraverso il portale è una copia più piccola del Rover *Curiosity* utilizzato dalla NASA per l'esplorazione del pianeta Marte. Pianeta su cui, come si legge in PREDESTINATION, i Romani della Linea Temporale Alternativa, nel 2803 *ab Urbe condita*, hanno già fondato una loro colonia.

- Il fatto che il messaggero di Plinius a Kaptara si chiami Angelos non è casuale: ἄγγελος, in greco, significa infatti *messaggero*.

- I lettori più attenti avranno forse notato la presenza, nel testo, di alcune lettere scritte in grassetto senza un'apparente ragione. Sono in tutto sedici e compaiono sulla prima pagina di ciascuna delle quattro parti in cui il romanzo è suddiviso. Lette in sequenza, formano quattro parole distinte di quattro lettere ciascuna: SPQR (Capitolo 1), LUPA (Capitolo 4), ROMA (Capitolo 19), e URBS (Capitolo 51). Le quattro dediche, oltre che un tributo a Roma, sono un omaggio a Don Rosa, uno dei miei fumettisti Disney preferiti, che aveva l'abitudine

236

di nascondere nella prima tavola delle sue storie l'acronimo DUCK (*Dedicated to Uncle Carl by Keno*), una dedica al suo maestro Carl Barks.

Ringraziamenti

Siamo arrivati ai titoli di coda, ed è il momento di dire grazie. Grazie soprattutto a quei lettori di CHANGING HISTORY che, appassionatisi all'avventura di Julianus, mi hanno invitato, incoraggiato, spronato a scriverne il seguito.

Grazie a Roberto Trizio e a tutti i gruppi di appassionati di storia di Roma Antica che, con i loro video, post, articoli, e libri, mi hanno fornito informazioni preziose e dettagliate sulla vita e i costumi dei Romani d'epoca tardo-repubblicana. Tra i tanti siti web da cui ho attinto informazioni, oltre a quello del *Bar di Roma Antica* (https://bardiromaantica.it) del già citato Trizio, colgo l'opportunità per segnalarne due che si distinguono per ricchezza e precisione delle notizie raccolte: www.romanoimpero.com e www.capitolivm.it.

Grazie a *Micaela Centorrino*, che ha avuto la pazienza di spiegarmi tempistiche, modalità e apparecchiature di supporto prima, durante e dopo un intervento chirurgico, nonché i sintomi manifestati da un paziente al risveglio da un'anestesia totale.

Grazie a *Guidotto Colleoni* per aver riveduto e corretto le frasi latine del testo, e ad *Abhishek Pateria* per aver tradotto in Hindi le battute iniziali del Capitolo 16.

Grazie a *Shamira Gatta*—chef, blogger, scrittrice, amica. È sua la versione gourmet dell'antico *iecur ficatum* cui ho accennato nel Capitolo 17.

Un grazie speciale a *Isa Lemessi,* per aver letto attentamente la prima stesura di PREDESTINATION, segnalandomi refusi e inesattezze.

E naturalmente grazie a tutti voi, cari lettori. Perché nessuna storia può dirsi veramente tale se non c'è chi la legge, la sogna, la vive.

Potervela raccontare è stato, per me, un onore.